夏年月光

夏琳 著

Deer 繪

感謝從事基礎歷史研究的專家學者們，
沒有你們，這本書就沒有靈魂。

目次

第二部

第三部

終曲

番外篇

古今人物對照表

張月娘：淡水大戶人家小妾之女，不願被家族送養為媳婦仔，與生母潘氏逃離本家，在南崁落腳，與鄰居陳青共同合作小販生意。之後難逃家族背負命運還是成了媳婦仔。與吳永和成親不久染上疫病，二十不到即過世。

何月瑜：獨立策展人，手腕有彎月胎記，與于悅荷為閨蜜。

＊

陳青：小名阿青，原籍漳州，家族三代之前來台墾荒，後家道中落被宮廟職員收留，並與張月娘母女合作小食生意。阿青和月娘兩小無猜，初戀無疾而終。之後黯然離開南崁到大嵙崁尋求機會，成為獨當一面的商行掌櫃。

望月清：日本人，十六分之一台灣人血統，任職於旅行社，亦為業餘獨立樂團主唱兼吉他手，與小林和越是鄰居，也是同學和好友，後與于悅荷相戀。

＊

吳永和：南崁吳姓大族中一支的後代，少時入漢學私塾就讀，之後認識傳教士馬偕（George Leslie Mackay），並偕同宗親家族信仰基督教，進入淡水牛津學堂就讀，學成後擔任洋醫助手及宣教工作，與月娘成親。妻子去世後遠渡日本學醫，改姓定居日本。

小林和越：台灣人，原姓林，被日本親戚收養改姓，航空公司機師。

＊

李靜荷：張月娘幼時的鄰居玩伴，被親戚送養，命運乖舛被轉賣私娼寮，投海自盡仍被世居坑仔的藍玉及黃添旺表兄妹救起。之後女扮男裝改名淨河，刻苦學武務農，努力轉換人生，與阿旺兩情相悅。

于悅荷：台灣史碩士研究生，亦為說故事姐姐，受親戚邀請到日本遊學。

＊

黃添旺：小名阿旺，霄裡社平埔血統母親與漳州詔安客家人父親所生，大嵙崁林本源商號墾戶。在海邊救起靜荷，並一同入山在原漢戰役中幫忙照顧泰雅族老弱傷殘。之後前往坑仔欲接回客居母親時，與坑仔林家代表一同向日軍談判未果，死於乙未戰役。

王亞岳：幼時在育幼院長大，成年後為遠洋船員，並至國外自費學飛，回台後擔任貨車司機，與朋友們共同成立機車修理店。

本書提及的歷史真實人物

馬偕（偕叡理）、吳添友、吳逢春、鍾亦快、林天賜、林為恩、林維給、林維買、曾力士、干信平、陳獻琛（必懷）、威廉森醫生（Dr. Williamson）、黃玉階、乃木希典、宋忠堅（Duncan Ferguson）、河合龜輔、巴克禮（Thomas Barclay）等。

說在前頭——看故事之前

本書歷史背景包括南崁之始、南崁四社平埔族歷史、漢人入台墾荒、五福宮與褒忠亭歷史、清末械鬥、馬偕至南崁傳教、向乃木希典求和、北部鼠疫與霍亂等流行病情況、林本源商號與南崁坑仔各家族之往來、原漢大嵙崁戰役、乙未戰役、坑仔林氏家族抗日、山鼻陳家、南崁吳家事蹟、桃園境內古蹟遺址說明等皆盡可能考據歷史史料、相關專著論文與宗親家譜，以盡可能求得故事背景歷史真實，相關說明請見各章節註釋與最後附錄之參考文獻。

劇情內容安插部分真實人物為配角，亦遵循史料、後人撰寫之家譜與學術論文。本書時空背景力求依據史實，然主要情節及主要人物為求小說故事張力，則為虛構，部分主要人物因情節需要，安排主角成為真實歷史人物的親朋好友或師長前輩、旁系宗親，亦為虛構，敬請理解。

文中若有提及番人、生番、熟番、白浪等字眼，為當時原住民與漢人之負面稱呼，本書僅忠實呈現，並無不敬之意。

此外，若尚有不足或疏漏之處，敬請指教。

楔子——回首四百年[1]

一六四三年，西班牙神父德歐多羅（Teodoro Quirós de la Madre de Dios），在文書裡提及曾拜訪淡水河南岸一處名為「帕拉庫邱」（Parakucho）的原住民村落，後據學者考證可能是南崁溪（Lamcam）中的一個村落名稱。從此，南崁在歷史上逐漸顯現，在《熱蘭遮城日誌》（*Dagregisters van het Kasteel Zeelandia*）、《臺灣府志》，分別有「Lamcam」、「南崁社」與「南崁港」的記載。

南崁港，距離淡水南方約三十餘公里一處港灣，側居南崁溪入海口附近。南崁溪從上游至入海口，算上支流長度約莫四十餘公里，比起北邊寬廣的淡水河狹窄短小許多。順風扯帆時南崁港至淡水港只是一小段路程，用不了多少時間便能抵達，走水路快速又節省人力。這裡是平埔族南崁四社範圍，從天光到日落總有船隻進出停泊，港邊裝貨卸貨，人聲鼎沸、牛車與挑夫川流不息。

據史家研究，南崁四社多數為平埔族，人類學家將其分類為凱達格蘭族雷朗群一支，散落於南崁溪流域而居，溪流蜿蜒所到之處皆有平埔族聚居，南崁四社不只僅有四個聚落，各地散居小型社落有一、二十個，然以南崁社、坑仔社[2]、龜崙社、霄裡社等四社人口較多便統稱為南崁四社。其實四個社落除了坑仔社和南崁社往來密切、聚居距離較近外，其餘兩社相對遠了些，血緣也沒那麼親近，近年來就有學者研究指出龜崙社不屬於凱達格蘭族，可能是賽夏族一支；而霄裡社地區接近現今八德、平鎮，與大溪、中壢一帶較有連結。桃園地區平埔族多半在南崁溪流域、桃園沖積扇平原及林口台地以南居住，獵鹿、捕撈魚蝦、摘採薯芋及海菜為主要生存方式，族人在這平坦土地上奔馳生活。然而，這一切在外人進入這片土地後，短短一兩百年間逐漸改變。

南崁港送往迎來從滬尾（今淡水）、安平、諸羅（今嘉義）、泉州、漳州、廈門等地船舶，旅人有時選擇在南崁港搭船南下、往北旅人則路經南崁港後再花點一點時間便能抵達淡水，他們可以再轉運進淡水河進艋舺至大稻埕，也可轉往大姑陷溪（今大漢溪）往大嵙崁（今大溪）挺進，行路快速。

十八世紀前是南崁港全盛時期，港口甚至可停靠戎克船，海外貿易與漢移民往來納新熱絡。異國船隻亦有停泊，遠從日本或南方異國的貨船裝卸完成再往下一個海港前進，常見貨物如杉木、布料等，船隻再載走大量從平埔族人購得的鹿製皮貨，南崁四社範圍是大型鹿場，平埔族善捕獵，鹿皮來源豐富。由於軍事需求，在日本及中原本土都相當搶手，深受海上貿易商人喜歡。

平埔族早期依賴獵捕鹿為生，打獵裝備需要鹿皮、鹿肉也是主食，荷蘭人和漢人對於鹿皮需求量甚大，精明的荷蘭人設計一套叫做「贌社」的制度，那是一種向部落買賣的承包制度，荷蘭人藉由武力，宣布不得任意與原住民自由交易，漢人要向原住民買賣物品，必須參加荷蘭人舉辦的競標，得標者必須向荷蘭人繳交稅金，才能和原住民買賣。

漢人從中國遠地而來，想和原住民做生意還得問過荷蘭人；平埔族人也不樂意，心想賣誰還不行，只能賣給得標並繳過稅金的商戶，價錢還是商戶說了算，心裡萬般不願意卻莫可奈何，荷蘭人有武裝部隊有精良武器，砲火猛烈，殺傷力驚人，光是這點就讓另外兩方只能吞下眼前虧。

之後，荷蘭人被鄭成功軍隊趕走了，這制度仍延續；施琅來了，台灣納入大清版圖，制度還是繼續，清治時期這套制度改稱為「社餉」，內容隨年代有所更動，不變的是稅賦總由百姓承擔，稅金總是要繳的，誰武力強就繳給誰，數百年來皆是如此。

康熙末年以降，從泉州、漳州、汀州一帶渡海而來的漢人愈來愈多，對離鄉背井的漢人來說，稅金雖是負荷，算盤打打還是有利可圖、能生存，拿到獨家代理權便是一家獨大，怎麼開價都會有人應承下來，還能吸引無數在原鄉活不下去的人們來台掙口飯吃。

為了活下去，只要有生存機會，殺頭生意還是有人做的，閩南粵東一帶貧農早有耳聞台灣和番人交易頗有機會，也能租地開墾，已經有不少土地開墾成良田，那裡土壤肥沃，遍地皆待墾原野，只要肯吃苦，不怕危險，有一身力氣不怕沒飯吃，租地種田就能活下去，至少本家原鄉那裡少幾副碗筷，食指少一點也是好事，說不定還能寄點錢回來讓家裡爹娘多吃幾年飯，活久一點。

懷有這樣的想法的人不少，他們橫渡惡水，在驚濤駭浪中抵達台灣，有些人不幸遇上狂風巨浪，魂斷深海時有所聞，那是命，還是向上天借來的，離鄉之後，本錢就僅僅只有這條命，即便機會只有兩、三成也值得一拚。從國姓爺時代開始，數百年裡，那些在原鄉活不下去的男人，賭上一口氣、用自己的一條命做為擔保，私渡來台展開他們的新人生。

漸漸地，禁令也不是那麼嚴格了，說起來禁止閩南沿海移民到台灣，那是因為明鄭的關係，施琅平定台灣早已是上百年的歷史傳說，施青天之後隨之而來康雍乾百年盛世，官家也睜一隻眼閉一隻眼，甚至也開始有官家鼓吹號召民眾來台，那年，大清朝首任總兵楊文魁就已公開招募，平埔族所有權之外的土地若有人願意開墾，歡迎之至，稅收也能增加。

已經定居台灣的人好不容易落了地，生了根，想念故鄉，便寫信回家鼓吹親人鄰坊快來，土地廣大、農耕容易、租地容易，地主好商量、平埔族單純不凶狠殘暴，做點小本生意單純不難，人人都能吃飽穿暖。不少漳泉子弟從南崁港上岸，競相走告此處土地雖不至於肥沃千里，比起老家那裡，已是能種出農稼的好地了，而且認識的同鄉都在這裡，人親土親有依靠。至少，能吃飽、能活下去，已是無敵誘因。

曾經有這麼一句俗諺「有唐山公，無唐山嬤」，早期漢人女子被禁止來台，埔漢時有通婚往來，[3]平埔族與漢人混居，以往正式文書還會寫南崁社，漸漸多半都稱南崁庄，正符合《淡水廳志》所說：「風俗之移也，十年一小變，二十年一大變。」還記得族語者大概只剩極少數的老人家，習俗、語言、服飾等逐漸漢化，逐漸融合。

聽老一輩人嗑牙閒聊講古，南崁二字是國姓爺的駐紮軍隊取名來的，從船上遠望陸地，是一處斷崖，斷崖之南，稱為南崁，其實老人家們沒證據，也說不清楚到底是不是國姓爺軍隊取的名字，還是南崁社人原本就是這樣稱呼，在荷蘭人還在的時候已經是這個地名。南崁港雖沒有安平、艋舺或淡水出名，還是一個水量豐沛的優質良港，從這裡上岸極富生機不說，這麼大的一片荒地還缺人手開墾，看在山多田少又貧瘠的漢人眼裡，已是遍地黃金。

南崁溪經數十里在南崁港[4]出海，有人下船，有人遙望遠方等候船進港、有人吆喝指揮工人搬貨裝卸、小鋪商人、大商號掌櫃夥計在碼頭邊等清點交貨，年紀大點的老手一派輕鬆在鄰近茶攤邊喝茶邊聊天；年輕小伙子耐不住性子，頻頻張望，一輪橘紅大球緩緩沉下水平面，最後一艘船進了港，漢子們又開始忙碌起來。

歷史進程數頁便能揭過。彼時，喧鬧忙碌的港邊，一輪明月悄然升起，柔和月光俯瞰人間百年滄桑。

註釋

1. 楔子年代橫跨十六至十九世紀初，清治末期前。
2. 清末日初之前，稱坑仔、坑仔社、坑仔庄；一九二〇年後改稱為坑子。
3. 埔漢血統與通婚，至今學界似乎仍存爭議，部分學者認為台灣島民大多數都有平埔血統，部分學者認為漢人與原住民階級與觀念不同，少有通婚。本書則採取部分通婚說法。部分學者認為平埔族並未消失，只因時代演變，部分風俗習慣已然融合，近年亦有許多在地久居者尋根溯源，以平埔族後代為榮。

4. 南崁港在十九世紀中期因天災已漸漸淤積，港深水廣情況已不復見，到日治初期便漸漸荒廢。南崁港方位約於竹圍漁港對岸，南崁溪出海口一帶。百餘年過去早已一片荒涼，一旁還有無數墓塚，已不見過往繁盛景象。

第一部

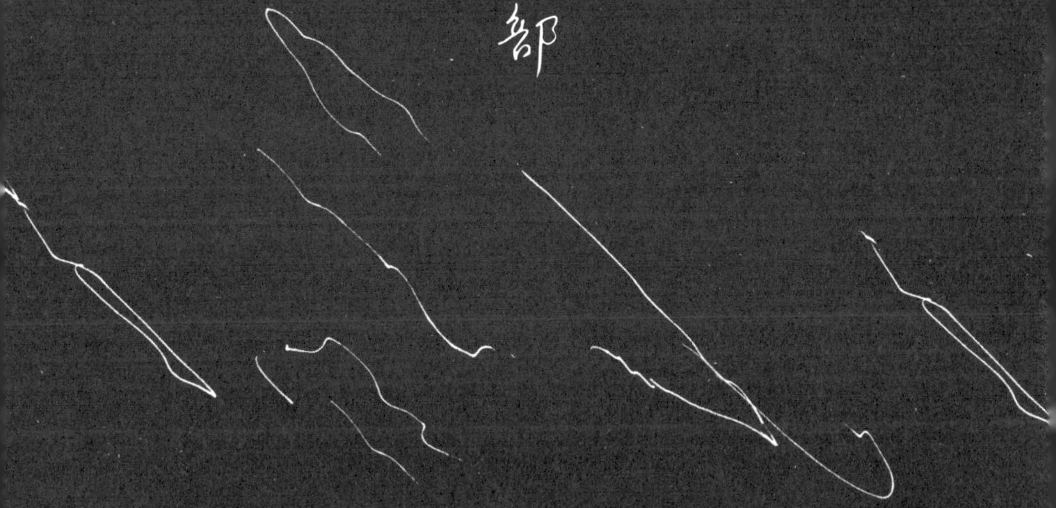

1 張月娘

天微亮，港邊擠滿大小船隻，運貨苦力分散在各船前，等候船主人一聲令下搬運進出船艙的貨物，靠近窄狹巷弄還有幾處小攤正大聲吆喝叫賣包子和鹹粥。巷弄深處，一處磚紅大宅院，是張家宅子。宅院更深處一進院子裡，一位身形瘦弱嬌小、大約三十出頭的婦人，穿著華麗卻未見張揚的綢緞衣裙，頭上只有一隻銀簪，妝容細緻嬌美卻掩蓋不住眼睛紅腫血絲，流露出焦急驚慌神情，顯然已經慌了方寸。

「阿娘，大夫人見不得我們母女繼續待在家裡，想逼我們離開，離開就離開，難道我們會餓死在外面嗎？」

月娘氣得全身發抖，眼淚不聽使喚直流，她是個半大不小的大孩子，約十一、二歲的年紀，地處亞熱帶的女孩早熟，雖不脫稚氣、臉蛋圓潤，卻已略有大人身形，眼神散發堅毅神情，大戶人家老爺多房妻妾，細姨膝下無子，可想見處境艱難，月娘看清自己與母親的處境，前些日子聽聞其他房姐妹冷言冷語，說要把她送給鄉間外地一處人家當媳婦仔，她便害怕這一天要來。

「三姨娘，大夫人請您和月娘小姐去一趟大廳。」家丁的呼喊聲遠遠傳過來，而且不等小院主人回應，兩個家僕粗魯無狀，直接闖進了內院。

「阿娘，他們居然直接衝進來，我們快走吧！大娘呼風喚雨，她想做什麼哪需要我們同意，再不走就真的走不了了。」月娘冷靜下來，快速簡單收拾了些衣物背在身上。三姨娘嘆口氣，拿出一個小包，取下頭上銀簪和珍珠耳環，塞在月娘的衣袋裡。

「都是阿娘不好，沒能在你爹還在時趕快訂門親事，就算小康門戶也好，至少明媒正娶，現下反而因為阿娘而讓妳要遭受這種委屈，唉，我們命苦，妳爹又這麼早就去了。」三姨娘鼻子一酸，眼淚又滴了下來，她其實已知道主事的大夫人沒和她們商量，要把月娘送人當媳婦仔，要逼自己去山上出家，大夫人想做什麼都是輕而易舉的小事。

「我才不要當什麼媳婦仔，轉角李家靜荷阿姐從小死了爹娘，被親戚轉賣了好幾次，都不知流落到哪了，她好可憐。」月娘一咬牙，想起從小就一起玩耍的同伴，她的眼神多了一絲哀愁。

媳婦仔習俗，自古就有，漢人鄉間村落尤為盛行，多半家裡養不起女兒，反正女兒大了也是要嫁人是別人家的，出嫁還要籌一筆嫁妝，小康人家多半覺得不划算，與其替別人養女，還不如早一點送養；也有另外一種情況是家裡一直都生女兒，傳宗接代的男兒遲遲未能生下，肯定是女兒生養太多，得多送幾個出去，此外還有家族利益交換等原因。總之女兒送養，利益好處多，就算沒任何目的，能多一個人力來操作家事，婆媳之間早日培養感情也是美事一樁。

送養原生家還能收到一筆謝禮，美其名是聘金，實際上也可視為買斷一個女孩的酬金，從此這女孩就和生家關係一刀兩斷，付錢的人家對她有絕對的權力，運氣好一點的單純當人家媳婦，遇上好良人、好婆婆，還能和原生家庭往來；遇上壞心思的，那就是悲慘遭遇的開始，被虐待、背負龐大家務工作量、動輒打罵，皆是日常，甚至特意養大高價轉賣娼寮也不是什麼新鮮事。

三姨娘一想到要是月娘是如此下場，還不如讓她先逃走，去哪都行，她遞給女兒一個小包含淚道：「這個小包是娘多年存下來的私房錢，裡面也有幾樣值錢的金銀首飾，都是你爹在世時送給娘的，妳先帶在身上，先去南崁庄找小姨，我想想要怎麼辦才好。」

此時家僕闖進來，慌亂拉扯之際把三姨娘推倒，月娘一反平日柔順溫馴，鐵青著臉給了魯莽家僕一記耳光。攙扶起阿娘，月娘自小活潑，經常跑出去玩耍，雖然是個瘦弱女孩家，隨著年紀增長，力氣略增不少，月娘跟著附近鏢局大哥學了些基礎拳腳，健體強身，還有模有樣。

「阿娘，妳還要忍耐到什麼時候，我們一起走吧。」月娘緊緊牽著嬌小母親的手，母親鄉間出身，沒有裹小腳沒賣身契，行動自如。

「我們母女倆有這麼好欺負的嗎，要趕我們走嗎？走就走！」小小月娘怒氣一上來氣勢震懾家僕。

家僕眼看月娘阻擋不得，但也不得不緊跟著做個樣子追出去。

月娘轉身跑出，淡水巷弄曲折，地狹人稠，宅院房屋密集，蜿蜒巷道兩側皆為房舍，她腳不停歇帶著母親離開，耳後不斷傳來家僕吆喝及催促追趕的聲音。但月娘只有一個信念，救母親逃出這個沒有希望的大宅籠，她才不要去當別人的媳婦仔，母女倆就算是粗食淡飯，做做小生意，也能簡單過一生。

快逃走、快逃走、快逃走……

2 何月瑜

鈴鈴鈴鈴鈴，鬧鈴大響。

何月瑜淚流滿面驚醒，呼吸急促，似乎全速跑了百米衝刺，幾乎喘不過氣來，可是明明就在自己房間的床上，她伸手按掉鬧鐘，不住地喘氣。

是夢，然而她卻無法歇止嚎啕大哭。這是夢，怎會如此真實！她摀住胸口大口大口喘氣，埋在心裡深處的悲傷倏地被攪亂開來。何月瑜只記得她在夢裡與母親不斷在小巷子裡奔跑，一直跑一直跑，後面還有追兵追殺她們。

好不容易情緒發洩得差不多，漸漸止住淚，她無意識地視線停留在手腕上彎月胎記上，是在哭什麼呢？是不是壓力太大了，只是個夢而已，也能哭得這麼傷心？淚漸止，心裡仍空蕩徬徨，胸口殘留一絲絲窒息悶痛。

她常做這個夢，小女孩牽著母親的手在彎曲巷弄裡奔逃。

更遠的手機鬧鐘也響了，起身再按掉鬧鈴，大手一揮拉開窗簾，陽光透進臥室。她在淡水河邊賃屋而居，靜靜看河水流動，陰鬱心情逐漸散去。梳妝整裝完畢，還有半個小時再出門不遲。她倒了一匙藝伎，這支豆子是朋友前兩天送她的，莊園藝伎豆向來昂貴，她不太捨得買，這還是朋友自學烘豆，送了一小包給她品嚐。咖啡香氣瞬間瀰漫空間，深深呼吸，心緒愉悅放鬆許多。

輕啜幾口，手機網路迅速連結到新聞，除了藝人八卦、網紅說嘴爭吵，惹得微微心煩。滑鼠點開信箱，有十來封未讀的信件，早上十點到晚上八點是她的工作時間，就算歐美合作單位的信件也放至隔日再處理。與外國人往來時，她總會告知對方她的工作時間，她會在隔天對方上班前回覆。

歐美人士注重生活與工作的分野，幾個比較熟的合作方不只一次對她說，一天工作十小時實在太久了，建議她再縮短工作時間，她也總是笑笑回應亞洲人是工作狂，日、韓、中、港、台都一樣，這樣已經算對自己很寬厚了。

想起夢裡曾經出現的港口模樣，最近去過哪個港口，淡水還是大稻埕碼頭？她細細思索夢境細節，夢中對話殘存搭船到南崁港的印象，可是除了去航空公司開會、去機場會經過南崁交流道外，她對這地方一點印象都沒有，而南崁離海邊還有些距離，並沒有港口。她輕舉咖啡杯搖動，淡淡彎月胎記若隱若現。

別想了，夢就是夢，何月瑜將最後一口咖啡一飲而盡，滿足而眷戀地將香氣停留到最後。今早要去機場，包裝公司把幾件借展作品運來台灣了，得親自去機場貨運站監看藝術品卸貨裝載程序是否無誤。這批展品從日本資深藏家借來，商談許久才得到首肯，輕忽不得，就算在運送現場只能目視，她也要求必須有人在場。夢境攪亂心神，難不成真是工作壓力太大了？

月瑜猛力搖頭，笑自己多想，取出珍珠耳環夾在耳垂，仔細繫妥母親從小就給她的月亮造型項鍊，穿上西服外套，趕緊出門去。

她是一個獨立策展人，與一般策展人不同的是她不屬於任何一家公司或機構，或可稱她為展覽製作人，藝術展覽從零到有，公開展示於大眾面前就是她的工作。她擅長處理策展，諸如設計、布展、行政、運輸、保險、營運、行銷、經費控管之類行政管理事務，她能和博物館與藝術家對話、能和贊助商溝通爭取，設計兩方回饋機制、與展場設計師討論核心策展需求、與施工人員討論施工細節，能把複雜的藝術語言轉化成一般大眾能夠理解並親近的形式，她是一個中間協調者，替業主考慮行政進度、斟酌預算、爭取最大利益及多方生態和諧，把藝術家的作品轉成觀眾能理解的展示，這些都是她的工作。實務經驗豐富、人脈廣、善於溝通協調，是業主想找她合作的最大原因。

何月瑜視展覽規模及籌備期長短，開出私人美術館高階主管職位的價碼，立下合約後到對方的場所進行一個完整的籌備執行檔期，雙方工作若愉快，下回案子有趣的話再繼續合作也不遲，合約結束就離開。圈子小，她一向與人和樂，就算不順遂也會輕巧帶過，另尋方法解決，不影響工作進度與情緒。目前在做的展覽案還要四個月才會結束，下一個工作已經談定，也常有幾家藝術拍賣公司爭取與她合作。

有能力的人從來不缺工作，自由工作者雖然上班時間可以自訂卻沒所謂自由與否。接了工作，盡心盡力，全力以赴，人在江湖，廣結善緣才是。

她的父母遠居南部鄉間，對於女兒的生活一向尊重，兄姐都與父母住在同個小鎮，只有她在異鄉生活，父母明白她的工作在家鄉不容易有工作機會，不勉強她返鄉定居。何月瑜兩、三個月省親一趟，孝親費倒是被拒絕不收，如同一般的父母親，希望她早日結婚，這件事碎唸十幾年，見女兒對這件事總是不上心，年過三十也就漸漸淡了遊說。她不怎麼在意，早年談了個時間不算短的感情，說不上愛不愛，到後來只覺得累、嫁娶更是麻煩，兩人平和分手，條件優秀的前男友很快找到另一半，小孩都快上小學了。她漸漸覺得一個人生活自在舒心，不管經濟上或精神上都滿足，不需要顧及別人。

在機場完成監督工作後，她回到美術館進入展覽室，幾位木匠師傅正製作設計師要求的展示櫃，也有幾個組員正與設計師、施工師傅商談各種細節，魔鬼都是在細節裡，絲毫不敢隨便敷衍了事。聽了一會團隊意見後，她心裡有了主張，取下幾件樣品，轉身至館長室。

「館長，您要求的木座我們查過，這木座上的布比較特別，是日本鄉間百年老店產品，手工編製，產量很少，全台灣都沒有，如果堅持這種，供應商沒有貨但可以代訂，不過需要有個基本量才行，可能也不符合經濟效益與時程；如果一定要這款布料，可能還是要專程飛去日本從指定布莊直接帶回來比較快，這樣反而預算和經費都還在控制範圍內，重點是時間也趕得上。」

何月瑜不疾不徐理清思路後與館長商談，萬一館長堅持要用那塊布，施工進度就要往後再延遲，她已經算好時間與預算損失，估量一下應該還在控制範圍內。

「如果您願意考慮這兩塊布料，一般觀眾其實看不太出來。」她拿出準備強力說服館長的布樣，打開桌上強力照明燈，讓館長仔細觸摸比較。

「如果是其中一塊，供應商說幾個小時便可以準備好，布展人員就可以馬上進行木座製作，兩天工作時間就可以進行展品布置，時程還能超前幾天。」

何月瑜觀察館長的表情，察言觀色是她的強項，不等館長開口，她已經知道答案。

館長搖搖頭，認為細微質感不能馬虎，藝術家認一不二，與作品展示相關的事務難以說服，何月瑜能理解，她心裡已有準備，啟動第二計畫。這星期的假日看似沒了，其實緩幾天反而更好。她打電話給供應商請對方提供日本可能會有的布店資訊，若能預訂先訂，不能的話她再去一家一家找。開展在即，已進入最後倒數階段，所有工作人員已忙翻，趁這兩天停工空檔處理一些文件的事也是好事，她打算自己跑一趟日本，今晚飛去，星期一搭最早的一班航班飛回，不耽誤工程進度。

「阿 May，待會五點進度會議提早到四點，請大家到會議室，事情有點變化，我晚上得去東京。」。

月瑜是空降來的策展工作者，業界略有名氣，這家私人美術館館員原本只需處理服務觀眾的工作，館長是藝術家，只掛名非正職，對行政事務一向疏於理會。館長年前突然指示，集團五十週年慶將舉辦大型展覽，外聘專業人士主導，多數館員懷抱學習心態，希望能從何月瑜那學到更多的實務操作。

時間已是三點半，館員們無不開始動起來，他們知道何月瑜很重視效率，進度會議最多只進行一小時，如果能達到何月瑜的要求，說不定就可以再接觸到更專業領域的工作。館長說了，這次展覽的籌備不但關係到年終考績，館長也會從中選出一、兩位擔任管理幹部，不用說，薪資也會往上提升至少兩成。聽說館長一直想讓何月瑜正式加入，擔任副館長，不知是否談定，工作團隊總會在閒暇時議論紛紛。

四點一到，大家紛紛魚貫進入堆滿雜物備料的會議室。

「館長對木座布料有些堅持，所以我打算搭晚班飛機去日本，徹底解決這件事，所以明後天細節木作先暫停。小吳，C區展示櫃今天能否完工？」

「還沒，明天才能上最後一層漆，等它乾的同時可以進行D區作業。」

「好，那這工程進度得盯緊。漆工完成後，請館長再確認，館長十分重視色彩要求，務必一次過關。」何月瑜看著小吳謹慎點頭就放心下來。

「阿May，檢查展場空間與展示櫃溫濕度工作的進度如何？」

「機電人員有點忙，還沒聯絡上，不過我一定會在今天約，一定會安排妥當定期檢查的日期與時間。」阿May滿臉心虛，她其實忘了這件事，心想這也不是很重要的工作，八成不會被提起，沒想到還是被點了名。

「這件事很小，但很重要，妳知道這次展件有幾件數百年以上荷蘭與台灣相關文獻，紙張那麼脆弱，台灣溫濕度高，一不注意就會損壞，請務必要仔細完成這項工作。小琪，圖錄呢？」何月瑜一皺眉頭再叮嚀了一次，話說完又轉向另一位同事詢問進度。

「展品照片已請攝影師今天下班前要送到，文字部分已經進入二校，本週日前二校完成後，差不多也是妳回台後，二校稿應該就可以在妳的桌上了，李教授的序文剛剛也電話聯絡了，說今晚一定會傳過來；至於集團總裁序文，原先送了兩個版本交給秘書，都還沒下文，有點擔心……」小琪聽到阿 May 進度，讓老大眉頭一皺，自己也緊張了起來。

「你再準備另外一個版本吧，下班前給我，我再幫修訂，記得英日兩種語言譯本也要附上，然後妳再請館長親自去問，要是前兩個版本不滿意，第三個版本就可派上用場，我會再和館長提醒。倒是印刷廠那邊，時程都確認了嗎？到時得去看印看色，記得和我說時間。」

「好的，沒問題，新版本已經差不多完成，會議後立刻給；另外時程表等序文過了會立刻發給妳。」小琪早猜出月瑜會這麼說，已經在動手寫新版本，譯者那邊都打點過，把時間空下來，等她的原稿一來就立刻處理。

她頓了一口氣，打開筆記本，說起另外一件重要的事。

「我記得四十五和八十九號作品尺寸都屬大型，這兩件是從巴黎近郊的美術館來的，走戴高樂機場，怡興，你查看看這件作品原訂的航班，是哪種機型的飛機來運，萬一是客機或較小型的貨機機型，這兩件展品不見得進得去貨艙門，這種微小的事還是提醒一下法國包裝貨運方，萬一他們雙手一攤，說日期來不及，還不是我們去解決，先未雨綢繆吧。若是如此，要再查其他航班，或多走一段陸運，看鄰近機場是否有適合的貨機還有空位能運到台灣。」

「這件事萬分重要，可別上機前臨時出錯，導致作品來台時間延誤，要是遇上法國的罷工或放假，事情也很有可能被拖延下來。你先去查，下班前和我回報。」怡興被點名，知道這件工作的重要，回應後便離開會議室。

何月瑜又針對藝術品保險、媒體宣傳、貴賓晚宴等事項詢問進度，做了些要求，一小時便完成了這次會議。她舒了口氣，喝口茶，在筆記本上畫掉幾條線，再補上幾件事，館長叮嚀的開幕晚宴細節也差不多要送上方案了，她估量進度時程，還在控制範圍之內，可以放心去東京，借住于悅荷那裡。

于悅荷是學妹也是摯友，她們兩個成為閨蜜正是因為她們的名字：一個叫何月瑜，一個叫于悅荷。某日，研二的月瑜受指導教授要求，到大學部監考，她在無聊之餘翻看學生名錄，不經意發現于悅荷這個名字倒過來唸竟是她的名字，覺得有趣，便留意起這位大二學妹，剛好于悅荷也在月瑜的指導教授研究室擔任專案工讀，於是兩人愈來愈熟悉。

她們的外表和性格也是一百八十度相反，何月瑜個性明快爽朗，給人俐落獨立、工作能力強的形象，有人曾說她可讓三教九流在聊過幾句話後變成好友；于悅荷秀氣細緻，能不自覺讓人多看兩眼，只要嘴角一彎，能瞬間溫柔親切，這份特質讓她的說故事打工大受小朋友歡迎。學生時代的于悅荷總圍著何月瑜轉，月瑜沒有弟弟妹妹，這位學妹卻意外地投緣。之後，何月瑜去美國攻讀藝術學與藝術管理博士學位，于悅荷考上台灣史研究所，專攻台灣早期常民史，兩位是至交好友，保持密切聯絡。

于悅荷曾經在這家美術館當過幾年志工，也熟悉這美術館的運作，當月瑜思考著她取得碩士學位後是否引薦她進來當正式員工時，于悅荷卻告訴月瑜，她將前往東京，有意考慮到遠房親戚的連鎖事業工作，說不定還要繼承家族事業。何月瑜瞪大眼睛。

「你要去日本？」

「對，人生有點瓶頸了，想換個環境找尋一下生命新出路。」

「妳修過日文？我怎麼沒什麼印象？」

「妳忘了我以前修過初級日語課，妳還逼我去考N3檢定呢！大學時代的事了，都忘光了，大概只剩下五十音和問候語吧。」

「遠房親戚？妳不會遇到詐騙的吧？」

「算起來有點遠，是表姑婆，日本時代曾祖父一家人到日本求學定居，後來漸漸失去聯絡，家丁不旺，只剩表姑婆獨居在日本，她曾經在台灣讀書讀到初中才返回日本。她回台灣尋根，發現我家這脈都沒人了，一直找我去日本，講一兩年了，最近她身體有點狀況，更積極派律師來找我，我爸媽過世後受表姑婆照顧不少，就去看看。」悅荷喝了口茶，又接著說。

「那是日本很有名的律師事務所，在台灣也有分公司，我去過律師事務所和承辦律師談過，不是詐騙，說不定妳和這間律師事務所也認識，這名片你瞧瞧。」悅荷拿出一張精緻名片，上面印有日本法律事務所全名及律師大名。

「喔，是這間，的確有往來，我們一些國外合約協議會請這家法律事務所協助。居然有這種事！我還以為這種事只是都市傳說呢，居然就突然要變成大企業老闆！之前也沒印象聽妳提過？」

「本來不打算答應，但我實在無法拒絕一個老人，她都八十幾歲高齡了，只好答應過去住一年看看，就當是去日本遊學，加強日語能力也是好事，現在正在寫論文，發現日文不夠好實在吃虧，我已經和指導教授說休學一年邊讀日文邊找資料邊寫論文，還想訪談一些八十歲以上的台裔老人家，像我表姑婆就是一條線，可以更貼近八十年前、甚至追溯到一百年前的真實故事，口述歷史很重要，至於是不是繼續老人家的事業，我覺得這個還言之過早了。」

「妳想清楚了就好，那麼，去到東京和跟親戚一起住嗎？」

「律師說表姑婆怕我一下子不習慣，讓我挑地方住，她有幾棟房子，交通都還滿方便的，離她家也都很近。」

何月瑜靜靜聽于悅荷平靜地解釋來龍去脈，打了幾個電話向日本朋友詢問這位表姑婆和她的事業，這才略略放心下來。

那天，春季不穩定的暴風雨快閃掃過微涼東京，天空晴明，月光柔美，夜櫻景色轉為高冷明豔氣息，暴風雨說歇即停似乎與清亮夜色無關。于悅荷在表姑婆的私人助理引領下，踏進清澄白河一處安靜公寓，準備開始新生活。

3 望月清

入夜，一棟位於東京港區的高層建築幾乎全棟仍燈火通明，鄰近一座小型神社裡的櫻花滿開，樹上約三、五個拳頭高的夜空還掛著滿月，正巧沒被高樓遮蔽，吸引不少下班行人佇足圍觀拍照。

「在匯率貶值的有利情況下，我期待外國遊客出團率要比去年同期提升百分之十。深入鄉間體驗是下半年度重要目標，各組請在下次月會提出新計畫。」

一家大型旅行社的產品部門正在開會，主持人是產品企畫部部長望月清。他看看錶，再望一眼外頭夜櫻，不禁皺起眉頭，會議時間又超過半小時，每次新產品企畫的討論會總是欲罷不能，他趕緊下了個結論宣布散會，自己還有一堆卷宗積在桌上等待批示。

大學畢業後望月清就在這家公司工作，十年前從基層導遊做起，到進入企畫部工作，屢屢推出令人無比驚喜且深受好評的旅遊企畫，叫好叫座，甚得公司賞識，十年的時間晉升為部長，連公司專務都要對他客氣三分，才三十多歲已是公司極力栽培的明日之星。

專注完成手邊工作後，半小時後即刻離開公司。

望月清工作效率高、不喜加班還有個原因是趕著去下北澤團練。望月清還是個業餘樂團的主唱兼吉他手，從高中時代開始便熱愛唱歌彈琴，一度考慮出道，簽過經紀公司，奈何不怎麼順利，經紀約到期就不再續，他仍與同好維持玩音樂的習慣，都三十多歲的大叔了，早就過了夢想的年紀。

每週一次的團練是他最期待的休閒娛樂，旅行社和樂團都需擁抱大眾，私底下的他則喜歡獨處，從大學時代起獨居東京，幾年前買下這棟中古屋，屋裡有客廳、兩個房間、還有廚房，一處能曬到太陽的陽台，自己住相當舒適，其中一個房間當工作室用，所有音樂器材都放在這裡。

回想起怎麼開始喜歡玩音樂的，他腦海裡浮出少年時代的好友小林和越。

十四歲那年，隔壁來了一個和他差不多大的少年，母親說是隔壁鄰居收養的一個台灣親戚的孩子，父母親意外過世了，原本一起住的阿嬤也因病過世，是伯父接他來日本定居。他在台灣時和受過日本教育的阿嬤經常以日語交談，雖然能說日文卻很少開口，人經重大變故又新到陌生環境，只是默默去語言學校上課，準備銜接中學課程。母親讓自己多親近他，說孩子可憐，也還沒交上朋友。自己其實有十六分之一的台灣血統，曾祖父也是台灣來的，自己依稀記得爺爺和父親偶爾會說幾句台語。

有幾次望月清看著那少年孤獨單薄的身影，白白淨淨的少年面容總帶些憂鬱氣質，看起來斯文秀氣，他心裡湧起不太一樣的感覺，想靠過去和他說說話，他不清楚那是什麼感覺，是同情他嗎？不，不是可憐，是憐惜，或許還因為血液裡有少少一部分是來自相同的原鄉。

「喂，你食飽未？」望月清向他開口的第一句話。

「你會講台語？」少年猛一抬頭也脫口而出以台語回應。

「只會一兩句，來日本還習慣嗎？我是隔壁鄰居，望月清。」他改以日語回應，對他笑笑，舉起他的手。

「日安，我叫小林和越，其實我的台灣名字叫林和越，小林是伯父的姓氏。」小林和越突然小聲解釋他的姓氏，望月清有點驚訝，隨即笑著追問。

「林怎麼發音？不是Hayashi（はやし）吧。」望月清仔細張望小林家的名牌問道。「林」這個姓氏在日本也算常見，與華人姓氏讀法不同，有三個音節。

「不是，是唸Lin（りん）的發音。」小林和越低聲說。

「Lin，叫你林醬（Lin chan，りんちゃん）好嗎？你可以喊我清醬，朋友都這樣叫我。」望月清微笑望著他，第一次說話已覺得對他很熟悉，彷彿早已熟識，自己本來就是個自來熟，任誰都能快速打成一片。

從那時開始兩個少年成了好朋友，望月清聰慧，聞一知十，成績雖然不是數一數二，卻不需苦讀就能有中上成績，他常邀林醬一起讀書，小林和越的日文程度因為交了個日本朋友開始突飛猛進。隔年，他順利進到望月清的學校就讀，湊巧又同班，望月清也愈發照顧小林和越，經常拉著他和同學好友一起讀書遊玩。再過一年，兩人考上同一所高中。

望月清是學校風雲人物，高瘦身材、五官深邃清朗有神，微微一笑還有淺淺梨渦，尤其他還是熱音社主唱，每次演出總散發十足氣場，一站上台，吉他才刷下第一聲，便引來無數女學生尖叫，小林和越也愛看他光芒四射的模樣，他總跟在望月身旁，像個小助理。

那天，幾個同學一起到秋葉原幫小林和越挑選筆記型電腦，偶遇資深經紀人向他們搭話，那是一家大型經紀事務所，事務所看上兩人顏值和潛力，要望月清和小林和越一起接受相關訓練，望月說學表演能增加自信，小林雖然猶豫，還是勉強答應一起上表演課，偶爾到前輩的場子表演暖場。幾年後，公司談及出道，小林和越拒絕了，小林看似冷靜沉穩，其實個性內向，原本就是因為望月的關係才一起上表演課，雖說喜歡看望月清閃閃發亮，但自己要是發亮起來只會發糗。望月清與事務所簽妥經紀約，之後出道過程不順遂，對於當藝人這件事也就冷了下來。

怎會突然想起林醫，最近忙到連睡覺時間都沒有，上次聯絡是兩星期前，不知他在台灣過得好不好，應該很忙吧，畢竟那是個壓力超大的工作。

望月清在團練日開車上班，車上便於放置心愛的吉他與相關器材，也方便把正式西服換下來改穿Ｔ恤和牛仔褲。他結束團練後返家，在地下停車場按下頂樓十二樓，思緒再轉到別處，他暗暗希望電梯在一樓停下來，能再度與那位住在十一樓的女孩子一起搭乘電梯。

他不自覺笑了一下，自己連對方叫什麼名字都不清楚，她不算特別漂亮，但五官立體秀氣，年紀猜不出來，二十五上下。她經常禮貌點頭微笑，卻總讓自己有一種似曾相識的感覺，想親近她。

對了！就是似曾相識的感覺，莫名的親近感深深吸引他，望月清年輕，外表出色，工作能力強，已經是大型公司中堅幹部，前途不可限量，從來都是對方主動示好，然而他總是工作第一，樂團第二，轉眼邁入三十世代，雖說女朋友從沒停過，卻很少有誰能夠穩定交往。

鄰居女子看似素顏，只有極淡妝容，白淨秀氣，有著洋娃娃般的細緻輪廓，淡淡幾粒無傷大雅的小雀斑在臉上點綴，搭配嘴角上揚的微笑，是在哪裡見過呢？微笑之中似乎隱藏著另一種表情，卻又說不上來。

一樓停了下來，他暗暗心想，會碰上那位鄰居嗎，如果她進來，這次一定要和她搭話。

進來了，那個女子。

一眼望見電梯有人，她淺淺浮上一抹禮貌的微笑。

「晚安！又見到妳了，我是十二樓鄰居，望月清。」望月清聽見自己的聲音傳出，還自報姓名。

「晚安，望月先生，我住十一樓，我姓于，日語說得不好，請多指教。」她一開口他就知道她是外國人，口音和林醬很相像，一定是台灣來的。

「沒有這回事喔，于小姐日語說得很好！妳是台灣來的？對了，如果有音樂噪音聲響請務必和我說，我再找人來加強隔音房。」望月清和小林和越相處多年會些中文，大學時代選修不少中文與台灣話課程。看她點點頭，知道她是台灣人後，講話速度放慢些，還夾雜些中文，望月清和小林和越相處多年，深知外國人學日語不容易。

「啊，望月先生也會中文，說得真好，我們這棟大樓隔音真好，我完全沒有聽到任何噪音喔！我家到了，晚安。」于悅荷再次微笑致意，踏出電梯，留下愣然的望月清。

我到底在哪裡見過她，怎會有這麼強烈的熟悉感，林醬也是，莫非我只要是遇到台灣人都會這樣，不對啊，公司裡也有幾個員工從台灣、中國和香港來的，自己並沒有特別的感覺。

望月清聳聳肩，踏進家門，疲累地先往沙發躺了一會兒，隨即起身在冰箱拿罐飲料，腦袋似乎有些靈感欲宣洩而出。他走進工作室，剛剛才團練結束，音符還在腦裡遊蕩，他摸索自己想要的音樂編曲走向，雙手隨意撥弄著吉他。想要一點暴風雨前寧靜的感覺，平穩安逸，無戲劇張力預警的鋪陳。這一小時的編曲會是後段強烈搖滾的前戲，他想像著那個畫面，讓視覺符號轉換成聽覺音符。

工作室裡隔音設備做得很好，四處散落幾台音箱、效果器、兩座超大電腦螢幕，除了手上的吉他，還有兩、三支吉他隨意架在牆邊。史坦威鋼琴是他從小就在彈的，有些歲月痕跡但仍光亮無比，可以想像主人對鋼琴的愛惜程度。

他挑了一張唱片，坐在沙發上，眼睛閉了起來。

似睡非睡，似夢非夢。朦朧之間，他站在海岸邊遙望遠方。

*

阿兄離家已一年都沒有消息，我都已經跟隨鄰家大哥的腳步過來了，怎麼都沒有半點消息，和他一起來的鄰居阿昌和阿財也都沒有消息，該不會黑水溝翻船了吧，還是被番人出草了？我應該堅持一起過海和阿兄一起打拚……

岸邊少年一身半新不舊的淡藍布衣，他猛搖頭把不祥的畫面消去。夕陽緩緩下沉，港邊八、九艘舢舨船停擺，另一艘較大的船內有十多人陸續排隊等候下船，兩個看似母女模樣的旅客各背負一個包袱，女兒攙扶母親慢慢前進。港邊有幾頂待租的人力轎子，女兒看似遊說母親坐轎，母親卻搖搖頭，拉著女兒步行離開港邊；港口另一頭還有四、五個搬運工揮汗正把貨物搬進搬出，說話與各種么喝聲不絕於耳，快速又熟練地扛負起一個個沉重大箱，待會還有一艘大船即將入港，得趕緊完成這裡的工作才行。

「上工了，船來了，需要工作的人趁早來！」遠方傳來工頭招募臨時工人的聲音，得趕快過去才行。休息片刻的少年回頭向碼頭人群聚集處快步走去，橘紅夕陽殘留一抹餘暉，另一側彎月已緩緩升起。

*

望月清睜開眼睛，啊，睡著了！剛剛那夢境如此真實又模糊難辨，每次只要夢見他變成少年眺望遠方，雖然不解，但心情總瞬時平靜下來，那是誰、他在哪裡、在等誰……他茫然若失想不出任何解答。只是一個有劇情的夢而已，可能前些時候看了什麼劇吧。

他轉了個身面向沙發，再度進入夢鄉。

4 陳青

「阿公，阿公，醒醒啊，阿公……」

一處破舊的土埆厝散發死亡的氣息，屋內神主桌前的薄木板上平躺著一名面容枯槁、呈現暗灰臉龐的老人。一旁跪著的瘦小少年哭得一把鼻涕一把眼淚，最親的阿公就這樣走了，他已經沒有任何親人在台灣，陳青的淚止不住，阿公交代完人生最後幾句話，再度沉入昏迷，嚥下在這人世間最後一口氣。

少年雙眼無神呆望角落的米缸，昨天煮過一小鍋地瓜籤稀粥後已空，擱置一旁的木桶中還有昨天在海邊抓來的魚，正準備煮魚湯給阿公滋補，誰料到阿公病情急轉直下。他求來了大夫，把脈半晌，大夫搖搖頭，阿青雙手奉上的診金也不收，低聲安慰幾句，拍拍陳青的頭就走了。阿公死了，接下來該怎麼辦，他茫然不知所措。

鄰居大娘於心不忍，返回自家灶腳拿點米煮一鍋米飯，滿滿盛上一大碗，插上三柱香，讓陳青把白飯放在阿公腳邊，人死了得拜腳尾飯，吃飽好上路，小孩不懂，大娘就當積陰德。

阿公年少時橫渡惡水來台，原鄉是距離漳州府城還要再走上兩天的偏遠山間村落，貧困村子曾有幾個人到台灣墾荒種田，幾年後那些人荷包滿滿返回村子祭祖，還請匠師重建祖厝，羨煞村子所有人。這些人沒停留太久，問問有沒有人要一起去，招些青壯同去。村子廣傳「台灣好賺食」、「種一冬，吃三冬」，說什麼都值得放手一搏。

陳青自從來到台灣便時常跟在阿公身邊，聽著阿公道五四三，與同村同鄉人閒聊，拼湊出阿公到台灣的經歷，才知道阿公年輕時在同鄉人的田裡耕作，農閒時還去港邊當苦力搬貨，省吃儉用存錢終於如願租到自己的田地，在同鄉介紹下再娶坑仔平埔女子，等到有些立足基礎後，陳青的父親和幾個兄弟也被阿公招來種地，那時陳青還在原鄉嗷嗷待哺，幾位叔伯包括自己的父親，來台沒幾年卻被一場漳泉械鬥波及，做了刀下冤魂。

從原鄉招喚來的人力折損，緊接著大哥跟著鄰人來台灣，時隔多年，陳青都已經來到南崁，阿兄卻半點音訊也沒有，阿公長噓短嘆猜想，應是遇到暴風雨已經沉到黑水溝深海裡了。那時，他以為小堂叔過來後生活會好一點，沒想到阿公也沒接到堂叔來，遇上颱風船折返，就不過來了。阿公時時怨嘆來台灣打拚的俗話「六死、三留、一回頭」是這麼貼切地應在他身上，十個人有六個會死，阿公此時年邁已生病多時，還染上阿片癮，阿公在台灣另娶的阿嬤早染病去世，無力也無地耕種，為了抽上一口煙，減輕病疾苦痛，那塊地只能賣掉。

阿公的田地賣給了頂社林家，林家原籍泉州，先祖也是赤手空拳來台灣打天下，祖先保佑，站穩一席之地。現任當家林天賜發跡後為人樂善好施，造橋鋪路，要求家族子弟都要讀書，小兒子林為恩還設置漢學學堂「茂林齋」給鄰近子弟就讀，求功名不見得求得來，能多認識幾個字也是好的。那時械鬥層出不窮，之前已經發生過大大小小多次，林家家大業大已是一方首富地主，而官府鞭長莫及，迫使民間必須自行籌措防衛武裝隊伍才能自保，就連大嵙崁那裡的林本源商號也來拜託幫忙，日後若到拔子林一帶收租，希望頂社林家能看在同宗林姓分上協助護衛。林天賜當然一口答應，他還沒發跡前曾承租林本源商號耕地，林本源商號的林家在台灣北部擁有相當龐大的產業，光是土地就有五千甲，是台灣最大地主。

械鬥傷亡不斷，土匪盜賊時有所聞，頂社林家主動關照撫恤許多孤兒寡母。阿公賣掉田產也沒讓日子好過些，陳青來台的時候，已經賣光所有田地、花光所有積蓄，只剩陳青隻身一人給阿公送終。

在一旁的還有阿公的友人夏世經，前幾天陳青告訴夏叔，阿公身體愈來愈虛弱，大夫已經暗示準備後事，他便守在一旁協助照料。夏世經幼時頗受陳青阿公照顧，外地人大量移入，他家的田地一點一滴被伯叔們賣掉，眼看無以為繼，還好讀過兩年書，會讀會寫，做事認真誠懇，陳青的阿公引薦作保給當時的元帥廟[1]管理人，順利得到元帥廟的廟務工作，有份工作能養活自己，夏世經感恩在心，前幾年家裡媳婦難產，媳婦和孩子都沒救活，他無心再娶，打著光棍眨眼過了好些年。

陳青讓他想起了自己少年時光，夏世經不忍心讓一個半大不小的孩子一個人孤苦伶仃，他讓陳青退掉與阿公共同生活的土埆厝，替他繳清房租，在自己屋裡另整理了間空房，讓他搬過來和自己同住。他收容陳青，管住管飯，陳青得負責清掃家舍與料理三餐，也要跟著夏世經在廟裡幫忙打雜。

左鄰右舍伯叔嬸婆都心疼他，直喚他小名阿青。阿青聰明，做事靈活，主動勤快，大家都說夏世經做好事收容孤兒也得個好幫手，特別是元帥廟管理人讚不絕口，山腳陳家秀才陳獻琛特別喜歡聰敏的阿青，每次來到元帥廟遇見阿青，便要阿青認真讀書，日後就算不求博取功名，至少能讀識字。

山腳陳家與坑仔頂社林家皆原籍泉州，傳說陳家長輩曾當過林本源商號帳房[2]，林家先籌建德門居祖厝，隨後陳獻琛在稍晚幾年也邀請當時炙手可熱的猴仔師完成修建祖厝，並使用秀才專用的燕尾翹脊建築結構，取名德馨堂。

陳獻琛欣賞阿青這孩子，看在同宗陳姓的分上，打算如同子姪一起培養，多次向夏世經要人去他成立的學院讀書。阿青不願離開夏叔，而且元帥廟附近就有學堂，夏世經婉謝了陳秀才，但也沒耽誤阿青讀書，他讓阿青拜曾力士為師。夏叔與曾師兩人年紀相仿，私下交情不錯，在元帥廟和褒忠亭亦有密切往來，曾師一口答應讓阿青入學，鞭策阿青認真學習，一有機會便把少年帶在身邊學習應對進退。

說起曾力士，漳州客籍，幼年隨父至南崁定居，拜貢生謝鵬摶為師，學成後受聘於南崁當書房先生。這年頭人力寶貴，農家種田優先，能送孩子上學識字還是少數，故此，若有識字者十之八九必在曾力士的書房學習。阿青是他的學生，阿青的好友兼玩伴吳永和也是，他是南崁吳氏家族子弟，吳氏分支多，家族從子姪輩中選聰敏者去讀書，不冀望考取功名當官，會算會寫，能當掌櫃帳房，經商夠用就行。曾力士曾於三處書院擔任教席，其中一處就在吳永和家不遠的褒忠亭。

讀書這件事，在阿青生命中起了重要轉折，識字讓他更積極認識新世界，世界不只是耕種和勞力而已。少年阿青從小就在元帥廟進進出出，他深信神鬼與因果，自己必是前世宿果業報太大，今世沒能投胎到好人家，他認分勞動，同時也有一些不服輸不認命的心情，這份動力全數投入讀書與做工上。

「為師講解《禮記．大學篇》也有一段時日了，其中微言大義還需諸位平時多多體會，我不強求你們立即通曉，背誦純熟是基本。」私塾夫子曾力士疊起手中折扇，一拍桌面，目光掃過這些十來歲少年。

「今日作業抄寫《禮記．大學篇》三遍，抄完後到至聖先師像前背誦，不夠流利順暢回去重背，背完可放學，落日前背不完，那就返家時再抄十遍，明天再背。」

這般宣布，嚇壞一群學生，紛紛發出怪聲。

「怎麼？抄三遍太少？」

「先生吩咐，定當完成。」幾位年紀較大學子趕緊用眼神制止發出怪聲的年紀較小同窗，再作怪下去，作業鐵定加倍。

眾學子拿出紙筆，開始背寫。阿青迅速抄寫，極認真且專心背誦。大約三柱香時間，他拿起抄好的經文交給曾力士，並於孔子畫像前開始背誦《大學》。

全文行雲流水般背完，曾力士點點頭，點評了他的字仍需多練，便允他放學。阿青經過學伴吳永和桌邊，一個眼神催促他趕快做完功課，吳永和輕輕點頭會意，加速抄寫速度。陳青天分並非學堂裡最好的一個，然而他的專注度與認真態度足以蓋過不足之處，曾力士瞇起眼睛，或許兩年後可以讓陳青應考童試；他再望向吳永和，此人天資聰穎，就是少年心性浮動不夠專注。兩個學生走得近，或可互相砥礪刺激成長，也是好事。

阿青已經學完《三字經》和《千字文》，而永和入學時間較長，已經讀了不少經典，今天課業是複習與練字。

阿青每日上半天學，剩餘時間便抽空找機會賺外快存錢，最常去的就是隨商行到南崁港幫忙裝卸貨，當個臨時搬運工，背竹籃走二、三十里路稀鬆平常。雖然他身形還沒長全，力氣不如大人，至少差遣得動，機靈勤快討人喜歡，很得港邊工頭讚賞，若提早知道有工作，都會事先讓阿青佔個缺，有時人力足夠便讓他照料牛車搬運。

除了當搬運工，另一個賺外快的工作是叫賣小食。

月娘是他在海邊認識的，那天一大清早他在南崁港搬完貨後，便趁著漲潮在附近摸蛤蜊捕抓魚蟹，打算給夏叔熬鍋海味。這時間烏魚和土魠魚正當季，漲潮時還能摸蛤蜊和抓毛蟹，有時浪大，漲潮時海魚被浪頭沖到較淺岸邊，他挖幾個深坑等退潮就能有收穫，季節和時辰對了偶爾也有幾次大豐收，多捕撈十幾尾，再拿到市場叫賣，是一筆讓他眉開眼笑的小財。

那天，正是一次大豐收，他一眼瞥見一個和自己差不多年紀、身著淡綠大襟衫的女孩，遠遠坐在海岸邊上大石望著他和他的漁獲，他不以為意，自顧自忙碌，等他全部處理妥當，

他向女孩喊話。
「喂，妳，要不要來幫我？送妳一尾。」
月娘沒想到那人對他說話，其實她正想著要和他買條魚給母親煮湯補一下身子，又煩惱錢不能隨便亂花，正想是不是自己也去另一頭抓看看，就這樣一愣，剛好對方向她開口求助。
「好，要幫什麼？」
「幫我一起帶回南崁市場，還要幫我殺魚賣魚。」
「我不會殺魚，但可以幫你搬魚賣魚。」
「也好，妳過來吧。」阿青咧開嘴笑，轉身多採集了一大籃蛤蜊。
月娘與母親逃離大宅院後，趁家丁不注意，搭上正要駛往南崁港的船。洋流正南下，順風順行，沒多久抵達南崁港，母女兩人一路從港邊往南崁方向走，往西行不遠原是坑仔社，以潘姓、藍姓、夏姓平埔族居多。其實那裡已經不再是母親小時候記憶裡的番社模樣，更多的漢人裝扮、使用漢人文字和語言，就連客家人也少見了，據說在幾次閩客械鬥下倖存的客家人都已紛紛搬離。月娘母親之妹潘氏在此定居，她們明白小姨不便收容，便在親戚介紹下租了一間居住條件尚可的土堈厝，預付半年房租，總算是安定下來。
母親身體本來就不好，這下突然遭此劫難，身體又虛弱病倒。那天，她請了先生來看診，再走到藥鋪抓藥，信步走到了海邊，正在想未來要怎麼生活下去的時候，便遇到了阿青。
阿青聰明伶俐，很容易博得路人好感，生意熱絡沒多久就出清所有魚貨，他送給月娘一尾烏魚和一袋蛤蜊酬謝，月娘不推辭，她提著魚和蛤蜊回家，阿青雖然今天才剛認識，兩人相處愉快，途中發現還住得不遠。

母親今日身體狀態不錯，精神頗好，看到阿青和月娘便招手讓他們兩人都進屋來，聽到月娘今天的事，便叫阿青留下來吃飯。

「謝謝大娘，但我也要負責煮飯，得回家張羅。」他手上也提了兩尾魚。

「這樣吧，反正我也是要煮，不然就連你的份一起煮如何？」

「我娘手藝很好，你絕對不會後悔的。」月娘一邊搭話。

「謝謝大娘。」他從小難得吃上幾頓好的，嘴一饞，連忙答謝。

烏魚切塊微炸過，加薑加蛤蜊及韮菜調味煮湯，是廣東潮汕系客家人的吃法，湯頭濃郁鮮美。土魠去掉魚骨後切成塊，仔細按摩魚身，再放多種辛香料醃製入味，沾粉下鍋油炸，金黃色炸物最吸引人，炸後再沾特製醬料吃，口味淡的人不需沾醬也能品嚐細緻的美味，還可以勾個芡，加入魚塊、筍片，灑些香菜，就成為土魠魚羹。相傳這是葡萄牙人傳來的家鄉料理，年代一久就變成海港邊都吃得到的美食，從安平傳開後，淡水一帶也很流行。月娘母親仔細囑咐後便讓他趕緊趁熱帶回。

送走阿青後，母女倆也圍著桌子邊吃邊聊，剛收拾完餐桌阿青又提著一包東西上門。

「大娘，謝謝您，我和夏叔全吃光了，太好吃了。」

「吃得習慣就好，我還擔心會不會不合胃口呢。」

「怎麼會，夏叔很高興，讓我送來元帥廟的長壽麵條和麵龜，保佑身體健康平安。」

「謝謝，那就收下了。」月娘好久沒吃到甜食麵龜，開心地接過袋子。

阿青開始大讚炸土魠魚的美味，他笑說都還沒來得及留著做魚羹湯就被吃光，他想著這能不能變成生意，尤其現在正當季，他看月娘母女沒有反對，便詢問月娘母女願不願意批發給他去賣。

月娘母女正煩惱有出無進的日子要怎麼過下去，一聽阿青這麼提議，同意試看看。

隔日，阿青把香酥誘人剛炸出鍋的魚塊運到大街，吆喝著「好吃的香酥土魠魚！來買喔！」，濃郁的香酥氣味、溫熱還有酥脆口感的鮮美魚塊，搭配特製佐料，吸引許多人探頭詢問，還沒開始叫賣，居然不到半個時辰就賣光了。

阿青帶著初次營收連跑帶跳地回到月娘家，眉開眼笑說著他在街口迅速賣光的經過，當下商議，魚由阿青去捕撈，其他搭配的佐料由月娘母女負責採買與製作，製成品由阿青賣，收入五五分帳。

阿青有做生意的頭腦，他看準販賣時機和地點，固定在熱鬧南崁市街上叫賣，每逢廟宇酬神祭祀日也必擺上一攤，少年清秀模樣，口條清晰叫賣，一邊賣還一邊說著炸魚塊怎麼來的、還有月娘母女的故事，清亮口氣加上說書人口吻，人潮總能被吸引過來，沒多久便搶購一空。

魚不是天天都能捕抓得到，月娘母女賣炸魚塊有點盈餘後，更積極研究製作其他點心，像是具賣相、色香味俱全、也方便分成小包販售的小點，以及割包、潤餅、肉羹之類的小吃，這些能讓人墊墊肚子的小食，尤其受歡迎。月娘母親打起精神一起幫忙，病就好多了。

阿青看準人們喜歡嚐鮮，月娘母女把在淡水看過、來自五湖四海泉漳汀潮廈各地傳統小食都研究了透澈，每次推出新產品便讓阿青試吃，他從小四處打零工，家貧能吃個半飽就滿足，沒機會看見這麼多小吃美食，每次試吃只能大聲讚好。偶爾阿青也會去相熟的人家後院灶間，看看有什麼新奇的，再回頭和月娘她們討論，月娘母親來自淡水商賈人家，宴客看得多，小有見識；淡水是個大商港，人來人往來自五湖四海，她們略加思索便能試做出來，外頭打拚工作的人多，摸幾個銅板出來打打牙祭也很樂意，每每生意興隆，沒一會兒就能賣光。

雖然只是蠅頭小利，已勉強夠讓月娘維持家計，照顧母親，不至於坐吃山空，阿青也趁著這個賺外快的機會，慢慢存錢，悄悄地築起自己的夢想，有總一天，他或許能去看看外面的大千世界。

夏叔交代的工作不能落下，一天，阿青擺完攤後，匆匆吞下殘粥便往元帥廟走去，最近又逢大月，往來香客比平日更加擁擠熱鬧，他得去處理大把大把線香、燃燒的金紙迅速累積的大量香灰，惜字亭的字紙殘灰也累積不少。他從小聽廟前老人講古，相傳國姓爺軍隊在南崁港上岸，軍隊駐紮在現在元帥廟所在地，有一天，有個小兵解手前把家鄉帶來的玄壇元帥香火袋掛在樹上忘了取回，到了夜間，香火袋大放光明，竟是元帥爺金身降臨，眾人伏地跪拜不敢抬頭，就這樣成為元帥廟之始，之後國姓爺軍隊在這裡駐紮下來，開墾屯田。

康雍乾之後愈來愈多漢人前往台灣開墾，向平埔族租地耕種，來自漳泉的閩南人、客家人與平埔族在此地混居，時有大小紛爭械鬥，還好大多數的時間相安無事，和平共處。元帥廟香火鼎盛，漸漸成為平埔族與漢人共同信仰中心。

這些故事阿青已經聽過無數遍，他在廟裡進進出出，每個地方每個角落無不熟悉，轉眼七月將至，他聽從夏叔的話，這個月不去海邊捕魚，免得被水鬼抓交替。七月要辦中元普渡，法會多，還有放水燈，有許多事要忙，夏叔要他跑腿幫忙的事比往常還多。

每年普渡的重頭戲是放水燈、燈排遶境，南崁各大庄頭水燈陸續下放，水燈亮起，開始祭拜各路神祇諸佛，炮仔聲不絕於耳。月娘第一次在南崁看中元祭典，她睜大眼睛看著點點燭火水燈在南崁溪上漂流，玄壇元帥、觀音菩薩在境內遶境，一一巡過各地大小廟宇，土地公廟、大眾廟、義民廟無不遺漏，道士法師開壇儀式起，奉請各路孤魂野鬼共享普渡並超渡亡魂，三天鑼鼓喧天，鞭炮聲從沒停過，祭祀貢品豪華澎湃，焚燒金銀紙錢雄雄大火直沖天際，各種戲團雜耍連番上陣，她跟著阿青看熱鬧，經阿青解說，愈看愈有門道。

這廟會活動是三月十五元帥爺生日與春節大年初一搶頭香外，最熱鬧最忙碌，也最讓人期待的廟會祭典，不只廟方祭拜，廟前擠滿大大小小攤販叫賣，比起大過年不遑多讓，更是擁擠熱絡。阿青攤子生意極佳，每日早早賣光還能大喊明日請早，兩人便隨著祭祀隊伍遶境，跟著在南崁五大庄遊玩。

兩個人小孩心性，玩心重，沒大人在旁百無禁忌。嘻嘻哈哈走著走著，阿青突然停下腳

步，在南崁溪邊蹲了下來看石頭。

「怎麼了，肚子痛嗎？」月娘跟了上來，一臉關心問道。

「沒事，看到石頭形狀挺可愛的。」阿青藏起兩塊小石頭塞進暗袋裡。

「真的耶，以前都沒注意看，這個也夠大，可以搬幾塊去廚房壓東西，我力氣不夠，這種石頭剛剛好大小，阿青，你幫我搬這塊，我搬那塊。」

「你來追我啊，追上了我讓阿娘請你吃點心。……等等等等，我喊到十，你才可以來。一、二、三、四，我還沒喊完你怎麼就跑來了，偷吃步不算啦！」月娘童心重，才抱著一塊較小的石頭，沒走幾步又想著玩，阿青輕鬆追上。

＊

月娘日日辛勤和阿青一同工作，工作之餘開心玩耍，甘之如飴，似乎已經忘記逃離淡水大宅的事。

「阿青，你衣服沾到什麼了，我幫你擦掉。」

「剛剛幫忙處理廟裡十幾座香爐和惜字亭的香火灰，難免沾到了些。」

「月娘，我有一樣東西給妳。」

「什麼什麼？不是什麼討厭的蟲吧，我不要。」

「哈哈哈，不是啦，這個是漂亮的。」

「漂亮的毛毛蟲我也不要喔！」

「裝在小盒子裡，妳打開看看。」

「哇！這麼漂亮！這哪來的？你不會是花錢了吧？」月娘打開小盒子，是一顆純淨潔白的石頭，像極一輪彎月，月頭上有個小洞，穿著一條黑線，雖然穿繩小洞鑿得有點粗糙，無損彎月的美麗。應該是那天在河邊搬石頭，阿青偷偷撿的，那個小洞八成是自己去工匠大叔那借工具自己鑽刻的。

「好看吧，想給妳一個驚喜，妳願意戴上嗎？」他低聲問道。

「好啊好啊，很好看，可以綁在手腕上。」

「嗯，我幫妳綁。」

少女心思細膩敏感，隱隱約約發現不太對勁，她突然臉紅起來，心裡噗通噗通跳得不太尋常。一時之間，兩人突然沉默下來。

「很好看，謝謝你。」她突然轉頭跑回家。

阿青愣愣看她跑遠，他從口袋裡拿出另外一顆相似的彎月小白石，注視良久，替自己綁在左手腕上。

漸漸地，她不再與阿青單獨出門，工作照常如昔，只是工作時月娘母親一定也會在現場。舒心日子還能繼續嗎，月娘母親潘氏不敢思考這個問題，只能希望大夫人找不到她們。

註釋

1. 元帥廟，又稱五福宮，舊時亦稱為玄壇廟或元壇廟，主祀武財神玄壇元帥趙公明，古時以五福宮為中心形成五大庄祭祀圈，現仍為桃園市蘆竹、龜山、大園等地區信仰中心，每年大年初一搶香盛行，政治人物拜會地方，必到此地禮拜。

2. 有關陳氏開台祖當過林本源帳房一事，學者翁建道曾論述此事為誤傳。本文內容改為陳氏長輩，一、兩百年來陳氏開枝散葉，即便傳說有誤，說開台祖當帳房為誤傳，後代旁系或許亦有可能曾在林本源商號工作，此不可考，僅於附註說明。

5 小林和越

小林和越西裝筆挺走進公司總部，這是他第一天報到。二十年後返回台灣定居，心情雖然欣喜雀躍卻不見激動表情，一臉從容淡定，標準飛行員沉穩冷靜氣質，他控制臉部肌肉，不讓情緒外露。

踏進九樓，負責報到的工作人員起身迎接他。

「小林機長，早安，歡迎，這邊請，有些報到手續為你說明。」人事課職員以英語向他打招呼。

他走向另一旁的會議桌，九樓是飛航管理課，各種與機師相關的業務，都在這數百坪的空間裡有條不紊運作。機師們到機場前會先在這裡報到，該班次組員集合完畢，並領取一些即時航班相關資料，由帶頭的機長簡報飛行任務後，再搭上交通車直駛前往機場。尖峰時段如早上六、七點，晚上八、九點，能看見報到中心至少有十幾個航班在這裡集合，準備出發至世界各地；在錯開的時段也有數班航班從世界各地歸來。

小林和越原在日本的航空公司工作，那家航空公司營運不善宣告破產，旗下機師紛紛轉至日本其他航空公司，也有不少外籍航空公司向日本機師招手，日本人個性嚴謹、低調、自我要求甚高，在全球飛行員人力市場相當搶手。台灣的航空公司極度缺人，人力多半被國外航空公司以多於五成甚至兩倍以上的高薪及各種優厚福利搶走。這行業人才的養成也不是短短幾年就夠，培訓一個副機師至少要三年，花費數百萬元的教育培訓只能剛好上線，正機師等級並擁有豐富資歷與飛行時數的，則至少需要花費十至十五年以上，航空公司永遠缺人。

據他所知，已有一批公司前輩應聘前往台灣，傳回的反應都不錯，大家都說台灣最適合日本人居住，可以說全世界的國家就是台灣人對日本人的友善程度第一名，三一一東北大震災那時，來自小小台灣的捐款竟高達二百億日元，世界第一，就知道台灣人對於日本的災難多麼感同身受；而且台灣的街景和日本也極為相似，日本的連鎖商店、餐廳、藥妝店、服飾店等都看得到。台灣曾被日本統治五十年，許多地名與日本相同，不少山區都有品質相當好的溫泉，離日本也不遠，日本各大都市幾乎都有定期航班，一趟大阪或東京兩、三個小時就能到，雖然薪資的確少，然而轉職成功的日本人不太介意，離日本不遠，環境友善，住得自在舒服最重要。

小林和越決定向台灣的航空公司應徵，他很快順利被錄用，除了他出身日本的航空公司之外，公司高層從履歷中知道他是台灣人，更是優先採用。

人事課職員遞給他一些文件、公司名牌和識別掛帶，公司名牌一吋照片裡的他身著機師制服，顯露帥氣專業形象；隨後，訓練課另一位職員接手，她向新人機長介紹幾個公司網站，讓他在線上立刻註冊登入，仔細告知相關行政程序，班表公布日是每月二十五日，正好今天即可登入查看下個月訓練班表。他同時登入公司線上學習網站，螢幕立刻跳出數十個須研讀的檔案目錄。在日本，他隸屬波音777機隊，加入新公司之後，仍安排在相同機型機隊，過兩天開始有一連串模擬機複習訓練，如果各種測試能順利通過，半年左右就能派飛到世界各地，為公司增加一名新生力軍。

小林和越用中文向人事課及訓練課小姐道謝，訓練課小姐是位年輕女孩，也是個新入職不久的員工，她一聽到正統發音不禁愣了一會。掌管招募的課長剛好經過，直接用中文向小林搭話。

「小林機長，目前的解說都還可以嗎？我們這位林小姐也是新進員工，早你半年而已，如果有不理解的地方，請隨時和我們反應喔。」課長笑笑說。

「謝謝，林小姐的說明十分詳細清楚，林小姐，謝謝妳，我是台灣人，其實我原本也姓林，日後還請多多關照了。」

講了快一小時英文的林小姐雖略為吃驚，不過瞬時就平復下來，這國際性的航空公司，來自世界各地什麼國籍都有，前幾天還接待過來自中南美洲的委瑞內拉、智利和歐洲的克羅埃西亞人，當然，美籍、加拿大籍、紐澳籍的台灣人也算大宗，就算出現幾個日本籍台灣人也不是什麼稀奇的事，她暗暗嘲笑自己少見多怪。

「機長快別這麼說，用哪種語言都行的，我的業務也負責協助外籍組員的生活照顧，因為您是日本籍，所以我們比照外籍機師規則辦理，一年有兩天假期可以到北投的溫泉旅館住宿，這是專屬日本籍機師的特別福利。住的部分，現在您是住在公司宿舍，若您想搬到台北或在南崁租房子也是可以的，這部分也有外籍組員津貼。」

「我打算訓練期先住公司宿舍，等正式上線再找外面的房子，我喜歡四處亂逛，也喜歡在馬路上跑步運動，住外面可能比較適合我。」

「好的，我記下來，若您在生活上及工作安排上有任何需要我協助的，請不要客氣。」林小姐展現了職業微笑，點點頭離開。

還未等小林和越仔細看文件，旁邊又有個聲音傳了上來。

「這不是小林君嗎？好久不見啊！」

「啊，佐藤前輩！好久不見！」小林和越立即起身以日語鞠躬致意。

「哈哈哈，我們又變成同事了，我剛剛從東京飛回來，怎麼樣，晚上來去喝一杯吧，剛好木村君和山田君都在，我來叫他們，給你開迎新會如何？」

「好的，非常榮幸見到諸位前輩。」小林和越轉身變回日本人，拘謹有禮地回應。

*

六個月後，訓練中心模擬機駕駛艙內。

「恭喜你，已正式完成模擬機訓練，過兩天的正式飛行考試應該沒問題的。」一位墨西哥籍教官一邊簽下合格許可，一邊伸出手向小林和越握手致意。

「謝謝教官，若有任何指教請不吝再指導。」小林看著教官給他的考評多半九分接近滿分十分，第一位教官就直接給他簽名推薦，可直接進行最後測試，他也覺得欣慰，半年來努力複習，並把握每一次進模擬機訓練的機會，辛苦總算有回報。

「也沒什麼重大缺點，不過你們日本人啊，有些人總是霸氣不足，太柔和了，當機長就是一架飛機之首腦，要沉穩要內斂，也要有氣勢和架勢，很難講清楚，這個是飛行員應有的個性特質，希望你日後多多斟酌，該端出架子就勇敢點。」教官嚴肅的說。

「好的，我知道了，謝謝您的建議。」兩人禮貌握手後，教官先離開了模擬機。小林不去反駁他對日本人的既定印象，也無需解釋自己不是日本人。

沒領導特質他不否認，從小他就不是帶頭的那種人，要說領導特質，自己身上真找不出來，以前剛進入這行時也曾經被老教官這麼說過，但是說到個性哪是那麼容易改變，還好他曾經上過幾年表演課，有些外在個性還是得用演繹的方式才行。對了，就是要像望月清那樣，隨意幾句話大家都會把他當孩子王遵循不悖，不管他說什麼，大家都爭先恐後去做。十多歲時望月清簽了經紀約想當藝人，他學業很好，如願進一流大學，當藝人當歌手也很適合他。現在雖然當不了出道歌手，在知名品牌旅行社工作的清醬也做得相當出色。

望月清高帥挺拔、多才多藝，甚有人緣，身為學校風雲人物每年情人節收到的巧克力都是幾十份，小林和越低調，平時為人冷淡，異性緣沒望月清好，望月清也總是與小林和越一起分享巧克力。小林和越大半年沒看到他了，不知近況如何。

「清醬，最近好嗎？要多注意身體健康，喝酒別過量喔。」小林和越打開 LINE 敲了一串文字，最後給個笑臉圖。

「我也正在想林醬，我們會不會太有默契了，不必等你下次回來日本，最近可能會去台北開會，到時我們見個面吧。」清醬也在線上。

「我剛到新公司，班表不確定，你哪天到台北再和我說，有假就出來，日期再告訴我。」清醬回個笑臉圖給他，小林和越不禁咧開嘴笑了出來。

小林和越下班，他總是被安排在冷門時段上模擬機，像是這種半夜兩點到清晨六點的時間，這倒也無妨，飛行工作二十四小時待命，深夜起飛，熬夜飛行是再正常不過的事。現在還是天微亮的清晨，回去補眠也睡不著，索性換上運動服，戴上無線耳機，出門路跑。他最近開始物色距離公司不要太遠的房子，打算找到好居所就搬出來，只是能入眼緣的房子也沒那麼容易找到，他不急，邊跑邊看。

上次跑步路經一家小書店，那家小書店老闆娘遞給他一份南崁手繪地圖，老闆娘非常熱心指引幾個適合跑步的地方，他便依循地圖路徑跑起來，桃林鐵路沿線、南崁溪沿岸、羊稠山步道、五酒桶山步道，足夠讓他跑上十公里。

當他行經南崁溪支流大坑溪旁邊的小公園時，總有種似曾相識氛圍環繞，他多次來此，不禁想著自己為什麼喜歡這個地方，是因為公園與小時候住家的鄰近空地相似嗎？還是因為這裡有幾株櫻花樹和苦楝樹，環境清爽舒適。

繼續前行發現一處規模不小的傳統市場，讓他眼睛為之一亮，日本都會區幾乎看不到這類市場了，買菜就是上連鎖超市，雖然清潔衛生，就是少了親切與熱絡。小林和越從小跟著阿嬤上市場，對逛菜市場總念念不忘，在每個需要過夜的城市，他喜歡探尋當地的傳統市場，曼谷、巴黎、吉隆坡、胡志明市、阿姆斯特丹，都有他的足跡，他喜歡早晨的市場，人氣鼎盛帶出蓬勃朝氣，展現人們旺盛的生命力。

員工宿舍沒有廚房，他略帶遺憾望了兩眼新鮮蔬菜魚鮮，早市的攤子還有許多熟食，酥炸魚條、雞腿、雞捲、潤餅、炸肉圓、蒸肉圓、碗粿、北部粽、南部粽、甜不辣、四神湯、麵線糊、芹菜或荸薺或香菇口味的手作貢丸、還有好幾家東南亞美食攤，法國麵包、生春捲、炸春捲、河粉任君選擇，看到不少移工在店裡大快朵頤便知道這幾家麵攤一定是相當道地。此外還聽說有一家新疆口味的拉麵相當美味；在以日本年號為名的街道上，還有一間日籍師傅來台開的居酒屋，不少日籍同事在休假時會去喝兩杯，心想過兩天要去嚐嚐。

入寶山不能空手而回，他帶了幾樣當季水果，鳳梨、芭樂、香蕉、芒果，買完四樣新鮮水果還不到二百塊錢，而且都可以少量購買，他心裡大嘆台灣果然是寶島，光是一粒芒果在日本的價格都不知翻幾倍了。

他吃了好幾樣小吃，提著水果，路跑改成散步。路邊有一家客家湯圓，已經吃不下只好記起來下次再去買。他遇上一座廟宇，是南崁五福宮，據說已有三百多年歷史。廟裡香客絡繹不絕，爐火興旺，一旁惜字亭更是重要古蹟，據說古人惜文惜字，若有廢棄帶有字跡紙張，需在惜字亭焚化以示敬意。他在一旁公共流理台略略洗過水果擺放整齊，放到供桌前，並遵照五福宮禮俗拿六柱香，每座香爐各插一支。他貢獻一張大鈔，點一座光明燈、請個平安香火袋，默點持香祝禱，小林和越正式要在這裡工作，住在南崁了，請神明多多保佑。

6 吳永和與馬偕

阿青與月娘從來不會錯過元帥廟祭典的廟前擺攤機會，在廟前早早佔個位，月娘幫忙布置，大略完成後便留阿青負責銷售。廟會期間人潮滾滾，今天是廟會最後一天，香客必定爆滿，生意一定很好，她得趕緊回去與母親一起製作下一批小食，生意好也要夠賣才行。

不知何時開始人潮漸漸湧入元帥廟，善男信女們穿著自己最好的衣服，各種新款綾羅綢緞，爭奇鬥豔，無論大戶地主或小戶商家婦女都前來祈福上香，她們毫不吝惜地展示她們的純金簪飾，就算原本僅有三分姿色，經過梳裝打扮更是增麗七分，佛要金裝，人要衣裝，一點都不假。

月娘被人群阻隔，她揮揮手一溜煙跑不見，阿青已經開始忙起來，客人聞香靠了過來。

「阿青，我也要兩份。」

「好喔！你和大娘一起來拜拜嗎？沒問題，我多給幾塊。」

放眼望去阿青的攤子人最多，樹下還有五、六個等著買的顧客，他看了一眼同窗好友，向他咧開了嘴笑。吳永和與母親一起到元帥廟參拜，經過阿青的小攤忍不住掏出錢包買兩份，一份孝敬母親，另一份自己大快朵頤。

「真好呷，難怪賣這麼好，誰做的啊，上次在先生那看到你孝敬一大包，竟然沒有留兩塊給我，光是聞到香味肚子就咕咕叫不停，心心念念想交關！」吳永和吃下最後一條炸魚塊，忍不住吸吮沾滿食物醬料的食指一口，把剩下餘味全掃入嘴裡。他站在阿青身邊，吃得津津有味，臉上全是滿足與享受美味而且意猶未盡的表情，成了小攤現成的活招牌。

「給恩師的束脩當然不能讓你偷吃兩塊，這是鄰居大娘做的，她們是大戶人家出來的，看過的吃食比我們小戶人家多，做出來的東西當然好吃。她們搬來南崁沒多久，下次介紹給你認識，剛好大娘女兒才離開一會，她們還忙著備料。」阿青手裡沒停歇收錢找錢。

「待會賣完我幫你一起收拾，要不要一起去茂林齋？先生讓我去跑個腿，送幾本書給林夫子，我們可以順便去找阿給那小子。」

德門居是頂社林家祖厝，茂林齋在德門居西廂，雄偉氣派，不是一般土埆厝能比，他們的共同朋友阿給兄弟，就住在德門居偏院，也是林家的一支。

「想去！好久沒找阿給、阿買他們，不過我大概不能去，待會廟裡還有工作，今天我還要去清理惜字亭[1]的灰燼，今天有不少人帶了要燃燒的字紙，數量不小，常常要去定期清理，夏叔已經交代在廟會期間我不能跑太遠。」阿青猶豫不定，他很想跟永和一起去，又擔心工作做不完。

阿青總是忙碌工作賺錢，吳永和有時很羨慕阿青自由自在，沒大人管，不像他被要求讀書，家裡雖然不需要他工作，但身為長子總有莫名壓力在身上，他是少爺，下個月家裡還幫他找了個童養媳進門伺候，他只要好好讀書就可以，最好能拿個功名，就算沒考中，至少會讀會寫繼承家業。

比起阿青來，自己是個無憂無慮、不需為三餐奔波的少爺一點也沒錯。

他繼續遊說阿青，「從這裡走去茂林齋半個時辰能到，把東西交給先生後，找到阿給，兩個時辰後再回來，你看看，生意那麼好，不就快賣完了嗎？趕緊收拾我們去。」阿青猶豫良久，估量時間還是太趕，月娘那邊還要再出最後一次料，必須賣完才行。他搖搖頭說不去，惜字亭和十幾個供奉香爐要清理、祭典後各殿內外需要打掃，他約定明天一定找永和去溪邊玩。

永和不勉強阿青同行，約好明天時間見面，他找到虔誠舉香跪拜的母親，告知要去替老師辦事，便先離開元帥廟。他心滿意足吃完阿青的點心，覺得牙齒有點酸疼，找了熟悉的農家要些水喝幾口，把牙酸感褪減下去。

他離開元帥廟後往頂社方向走去，很快找到林為恩，林夫子接過幾本書，溫言考查他的學業，永和還算對答如流，林為恩也沒再留他，揮揮手讓他離開去德門居找林維買兄弟，他沒找到人，原來今日早早就放學，全都到外頭幫忙農事，還好阿青沒來，不然真的白跑一趟。他在路上邊想邊走，放眼望去全是農田，阡陌交錯，綠油油一片，三五各自成群的白鷺鷥不時掠過田地，在田裡辛勤工作的農夫頂著烈日彎腰拔草。

吳永和坐在樹蔭下，遠望農人辛苦，自己身體不夠強健，這辛苦農務自己萬萬做不來。

他收回視線，另一頭遠遠走來一行五人，穿著奇異，全白長衣長褲，脖子掛著一串閃亮十字形鍊條，等他們走近，其中一人還蓄留大鬍子，眼睛竟然是藍的。

這莫非就是父親和朋友常在聊的——外國洋人？

「這位公子，請問去南崁庄走這條路，著無？」那個大黑鬍子一口道地聽得懂的話，雖然腔調有點奇怪。

「是，這條路一直走到底，看見元帥廟，再往廟前走就是南崁庄上最熱鬧的地方。」

「真多謝，這個送你，耶穌愛你，阿門。」大鬍子給了他一張紙，向他做了個祈福的手勢。

「不用謝，你們是牧師？」他突然想起父親和友人偶爾聊天會冒出的一個詞，脫口而出問道。

「公子，你信耶穌嗎？我們是基督教宣教師，從淡水來的，我們常在山那頭的五穀坑傳道，我叫馬偕[2]（George Leslie Mackay），他們是我的學生。」黑鬍子眼睛一亮，一個路上遇到的少年竟然知道他們，不由得一喜。

「馬偕牧師你好，我也只是聽父親與友人偶爾聊天提起，我不知道耶穌是誰，這樣吧，我也是順路要回家，你們可以和我一起走。」

「如果這樣，那就更好了，請問這位小兄弟按怎稱呼？」

「我姓吳，吳永和，牧師這邊請。」

路上，馬偕仔細向永和說明了耶穌是誰、什麼是基督教，他說他們傳教士就是要踏進全

世界傳神的福音，他自願來到台灣，在淡水定居，開了一家醫館和教堂，一邊行醫一邊傳教。

「那在淡水好好的，為什麼還要來南崁？」

「每塊土地都要有神的足跡，神的福音傳遍各個角落，當然不能只有在淡水，我還要繼續往南走、往山裡去，在每個地方蓋教堂，傳遞福音。」

「這樣啊，可是南崁沒看過傳教士，你們要怎麼傳教呢？」永和對這個洋人實在是好奇得不得了，徵得馬階同意後，便跟在他後面。

「先進廟裡借個鑼吧。」馬偕向左右學生吩咐。

外國人出現在南崁庄相當稀奇，小孩更是個個一臉興奮望著他，有些調皮頑劣的還會向黑鬍子丟石頭，不過黑鬍子也不以為意，拍拍衣襬，大夥等著看他們借鑼接下來要做什麼。

「來看番仔！來看番仔！阮是萬里之外從加拿大來到台灣的外國人，是耶穌基督的傳教士，我們還會看病，誰家如果有牙痛，痛得受不了的，趕緊來，挽嘴齒免錢！挽嘴齒免錢！不會痛！來看番仔，來看番仔囉！」

沒想到宣教師這麼熟練，借鑼後便一路敲敲打打，還說自己是番仔！

孩子們全部樂得跟在後面一起幫馬偕大喊，來看番仔！來看番仔！挽嘴齒免錢！挽嘴齒免錢！

這件事，引起了南崁各庄一陣飯後茶思話題。

馬偕遊街走大半時辰有點累了，便在大坑溪一棵大樹前坐下來歇歇腳。馬偕並非第一次來南崁，更早來的時候甚至被丟過石頭被驅趕，過了幾年，這次倒是更深入村莊。信奉耶穌、傳上帝福音，當然不怕危險，都從加拿大橫跨大半個地球了，一點小小危難也阻擋不了傳道人的信念。

「牧師，請喝茶，解解熱，休息一下。」永和家就在附近，他回去廚房要了只大茶壺和幾只茶碗，心想這麼熱的天氣太辛苦，奉個茶水也是略盡地主之誼。

「啊，真多謝。」

他們真的是渴了，每個人咕嚕咕嚕灌了好幾碗。

「吳公子，真謝謝你，對了，你家有沒有人牙痛，不嫌棄的話，我可以先幫他看看，我在淡水開醫館，看牙很有經驗，也拔過許多人的牙，幾千顆都有了。」

「我們家長工阿福喊牙疼好幾個月，我去找他來。」

沒一會阿福被永和拉了過來。這時馬偕一行人已經在樹下唱起歌來，聽馬偕牧師的學生在一旁和圍觀者說道，那是聖歌，要獻給耶穌基督的。

「阿福，你運氣真好，淡水有名的馬偕醫生今天來南崁，第一個就看你的牙。」永和學阿青也咧開嘴笑。

「少爺……這個，我怕……」阿福慌了手腳，轉身想逃。

旁邊聚集的人愈來愈多，他們聽到小孩們四處奔告有外國人來這裡，還要幫大家免費看牙，紛紛放下手邊工作，湊過來瞧個究竟。

「你叫阿福？嘴巴張大點，我看看，啊……嘴再開大一點。」馬偕醫生唱完兩首聖歌，又喝了口茶，打開醫箱，取出工具。

阿福張開嘴，他斜眼看見黑鬍子醫生拿出一支奇怪的工具，就要往他嘴裡鑽去，他雙腳微微發抖，眼角的淚快流下來。

「你右後方的牙已經爛掉了，這個一定要拔牙，不然會愈來愈痛。」馬偕開始消毒工具。阿福轉身就想逃，周遭的人幫忙按住他。

只見馬偕很熟練地在壞牙上敲敲打打，沒一會便把阿福口中的蛀牙拔出來，放在阿福手上，阿福來不及哀嚎，便已完成。

「這塊布咬著，血不流就吐出來，今天不要吃硬的東西，明天就好了。」

「挽嘴齒免錢！擱不會痛！」阿福沒多久就生龍活虎四處宣告，沒多久時間，馬偕休息的地方擠進更多人。

「大家不要急，馬偕醫生和他的助手會待在這裡幾天，大家都能看牙。」永和自告奮勇幫忙整隊，並和大家說明剛剛阿福拔牙的情形。

「大家一邊排隊等候，一邊聽我說，我侍奉的神的名是耶穌基督，祂是個很仁慈的神，非常愛世人……」

「是和元帥爺和觀音菩薩同款，耶穌神阮嘛是願意拜。」拔完牙的人在旁邊紛紛回應道。

永和非常感佩馬偕做好事造福人群，馬偕都願意花那麼多時間免費替庄民拔牙，他幫點小忙也是應該的。

「牧師，你若還有什麼事要我幫忙的，盡量說，我要是做不到，我請我父親或族中長輩出面幫忙也能辦到的。」永和說。

「真多謝！真多謝，吳公子，我們有意在南崁這裡傳教，需要一處場所，日後有教會有信徒，也可以考慮買下來，簡單收拾一下，可以在屋內傳教和替人看病就好。」馬偕替人拔牙一個接一個，非常熟練。

「好，我了解，這事不難，我回去再和父親及族叔們說。」

這段日子馬偕更常到訪，四處走走看看也傳福音，認識了幾位在地頭人士紳，南崁街上對他友善許多，不像十多年前初來乍到時飽受敵意。經過馬偕多次來訪，帶來洋式醫療，讓南崁人更是對馬偕好感度大增，進而樂意接受基督信仰，當地頭人林水源、吳添友、林日旺、干信平等三十餘位人士更是請求設教，馬偕與弟子和信仰者在距離元帥廟走路約十分鐘的大坑溪旁，租下一間房屋，在南崁成立基督長老教會，而永和與父親及其家族也受感召，聽了幾次傳福音後，一起受洗成為基督教信徒。

註釋

1. 惜字亭，又稱聖蹟亭、敬字亭、字紙亭等，清同治五年（一八六六）擴建五福宮時添建，專供用來焚化字紙，現存之建築為日治大正十五年（一九二六）整修完成。早期因教育不甚普及，對字紙十分珍惜，使用過的字跡紙張不能隨意丟棄，必須心誠送到惜字亭焚燒，傳達「敬惜字紙」的理念，以示尊敬。

2. 馬偕曾到南崁多次，其路徑大約為淡水、八里坌、五股坑、林口台地、坑仔、南崁。傳教南下會路經此地，再經桃仔園到中壢及竹塹以南地區，北返亦然。據《馬偕日記》（*The Diary of George Leslie Mackay, 1871-1901*）記錄，馬偕首次來到南崁是一八七三年，此後多半路過居多，林水源等人請求設立教會已是一八九一年，一八九二年正式設立，以上參考《南崁基督長老教會一百二十週年紀念特刊》及《馬偕日記》。

7 小林和越與何月瑜

微風徐徐吹過，拂來一陣清美花香，晴空舒爽日光溫柔。小林和越路經大坑溪，坐在樹蔭濃密的苦楝樹下石椅略略休息，那青翠的樹上看似茂密的綠葉細縫灑落日光，小白花、綠葉與輕柔日光搖曳，一時心情放鬆竟打了個盹，瞬間熟睡，好似做了個甜美的夢。

睜開眼，隱約做了個夢，只是幾分鐘的夢境已全然消滅無印象，只是依稀記得敲鑼的聲響，還有一個黑色大鬍子的白衣人，可能是剛剛看到的那座南崁教會創立紀念碑竟就入夢，他拍拍身後塵土起身。

沿桃林鐵路繼續跑步，飄過一陣陣刺鼻臭味，他皺皺眉頭，是哪家工廠偷放廢氣，這些工廠老闆都不緊張自己生活在空氣汙染下也是會生病的。四月天跑步，天氣最好，就是空氣汙染令人無奈，他加快速度，看了看他的運動計時錶，今天就跑十公里，回去沖澡後還要和前輩們去居酒屋聚會喝兩杯。

他不愛喝酒，連啤酒都是幾口下肚後，三分鐘內立即臉紅像熟透紅蝦，一碰酒即醉，還好他們的職業不像其他行業會被客戶或前輩逼酒，酒誤事，都是淺酌即止，當然，如果隔天有任務自然是十二小時內禁止飲酒。

公司附近巷弄裡有幾家小吃餐食店，也有日式居酒屋、美式酒吧等，公司員工若有聚餐都會選這一帶，省事方便。

「小林君，這裡。」前輩佐藤向他招手。他遠遠看見，便走了過去。

「大家晚安，抱歉，我來晚了嗎？」

「大家都才剛到而已，還有大前輩還沒到，別拘謹，這裡沒外人，都是我們前一間公司來的。」佐藤還是一如往常地大剌剌，肆無忌憚拍著小林和越的肩，以日語大聲說著。人未到，就先講起八卦。

「你們知不知道，昨天那個誰，檢定不合格，考官評語竟然還寫建議重新測驗英語，這真是不得了，萬一英語低於機長標準值那就真的難看，考他的那位考官真嚴格。」佐藤突然小小聲說。

「喔，你是說那個常自豪自己是名校畢業、認識很多政治人物與藝人那個嗎？」另一位名叫山田的聽出一點苗頭接口說道。

「就是他，那傢伙以為自己很厲害，我說啊，這裡又不是日本，這公司考官才不在意你是不是東大早稻田出身，台灣人可能還會禮敬三分，你說一個美洲或歐洲籍考官哪知道那些名校呢，實力、經驗、認真學習才是最重要的，小林你說是不是！」佐藤又喝了一口清酒對著小林說道。

「前輩說的當然是這樣沒錯，只不過那位除了航空英語與各國塔台接應不上之外，到底哪裡出了錯，我聽說那位前輩實力不錯的啊！是不是遇上了一位頻率不合的考官啊？」小林問道，居酒屋開門鈴聲響起，又是幾位客人進來。

「我查看他的班表，那個考試是執飛法蘭克福，走印度經孟加拉到伊朗路線，那人以前根本沒去過歐洲，突然去一趟，沒實務經驗，絕對手忙腳亂，烏克蘭南方靠近黑海那裡最近戰爭紛亂，許多機場不是荒廢就是被軍方接管，很麻煩啊，再加上從亞洲去歐洲要經過多少國家和航管，如果是常飛的日本城市還足以應付，但都要升機長了，歐洲沒去過怎麼行。」眾人一聽紛紛附和，心想下次要是輪到自己，要怎麼過這難關的好，大家紛紛七嘴八舌講起自己的問題點，一時之間變成飛行研討會。

居酒屋大門再度開啟，一位套裝打扮的女性靠近櫃台，「我姓何，預約了六點半四個人位子。」

她後方還有三位人士，其中一位眼光掃過小林和越那桌，過來打招呼。

「濱口機長和各位機長都在，大家好！」一位身著西裝、還掛著公司名牌、略有些年紀的中年人，以英文向小林和越那桌笑容滿面地搭話。

日本人不敢怠慢，連忙起身，年紀最大的那位似乎與這位搭話者較熟，他開口回應：「是王課長，您好，還帶美女來吃晚餐啊！」

「沒錯沒錯，這位是氣質美女一點也沒錯，她是何月瑜小姐，代表美術館與公司商談，我們還沒討論完，只好邊吃邊談了。」王課長笑著回應。

「不敢當，我是何月瑜，初次見面請多指教，這次來與王課長請教藝術品貨運的事。」她開口就是流利日語，一下子拉進距離。

「有需要我們幫忙的，也儘管開口，公司的事，我們也是責無旁貸的。」濱口機長轉頭朝小林和越：「小林君啊，你不是會中文嗎，和何小姐交換一下名片，如果女士需要幫忙，要好好協助人家。」濱口機長指定了最資淺的小林和越，讓他顯示他對公司的熱誠。

「是，那當然沒問題。」小林把名片遞給何月瑜，以中文回應：「何小姐，請多指教，有什麼要幫忙的，儘管開口，不過我也剛來公司不到一年，希望不會讓你失望才好。」

「小林機長，先謝謝您了。」其實何月瑜的工作和機師沒有什麼需要直接接觸的關係，都是外交客套辭令，但有這樣的契機也挺不錯，做她這一行，人脈愈廣愈好。

「那你們繼續聊，我們先過去談事情。」王課長深知日本籍員工有自己的社交圈，不再打擾他們，打個招呼即退。

何月瑜禮貌地一一點頭，隨著王課長離開。

那位小林機長，是她喜歡的型，看起來三十好幾了，不知結婚沒有，一轉念曾聽說飛行員生活都很多彩多姿，人帥多金，還是少招惹的好。

她自嘲地笑了笑，想太多了，不過是萍水相逢。

8 望月清與于悅荷

自從那次在電梯相遇，望月清與于悅荷更熟悉了，從簡單問候到多說上幾句話。望月清熱心贊助幾個名額，讓她與語言學校同學參加東京深度旅遊一日行程，請她提出心得，作為旅行社微調修改的參考，悅荷也精心提出幾個團隊沒考慮過的體驗感想，讓望月清為之驚喜。

悅荷的見解讓望月清和他的團隊有了新的想法，他邀請悅荷當體驗顧問，全面檢視旅遊路線。悅荷所學是台灣史，日本震災後日台關係益發友好，公司研發調查部門提出台灣深度文化旅行的需求報告，除了台北、九份、日月潭，是時候讓日本遊客更深度體驗台灣的美，新路線能讓愛好台灣旅遊的日本顧客有更多新選擇，開發台灣新旅遊體驗路線成為公司重要政策之一。

悅荷提出幾個方向，例如日治時期建築紀行、宜花東小農生活體驗、花東長居民宿體驗、台灣南部歷史小吃巡禮、台灣水果吃到飽之旅、湯姆生攝影師之百年歷史走讀、跟隨伊能嘉矩腳步遊台灣等，讓望月清團隊耳目一新，開始積極深入討論各種可能性。

大半年相處下來兩人已相當熟識，于悅荷接受這份挑戰，一方面有助口語練習，一方面推廣台灣文化，顧問非正職或兼職，悅荷婉拒望月清的公司要給她的工作簽證和報酬，她笑說只是幫忙，練習日語會話，自己也受益良多。其實要工作簽證，表姑婆的公司就能聘任，要是她接受外界工作，表姑婆是會怪她的。

某日兩人在電梯相遇，望月清照例感謝幫忙，提了一袋土產給她。

「我剛去秋田出差回來，合作單位給我一盒比內地雞，我又不會烹飪，想著這雞肉也很難得，悅荷會做飯，送給妳。」

「聽說這是很高級的雞肉啊，真的要送我？」

「是啊，幫我解決這個困難吧。」

「呵呵，這一點都不困難，這樣好了，我來煮一鍋台式風味的雞湯，一起吃，每次我想做些台灣菜，分量很難拿捏，你有沒有興趣吃看看？」

「當然好！求之不得呢！」他立刻撥幾通電話調整行程，微微一笑表示時間能改沒問題。于悅荷心想是不是日語表達讓他誤會了，等他結束通話，她向望月清表示其實不需要改時間，先和管理中心打個招呼借放冰箱，他下班再去取就好。

「不行不行，台灣料理要現做才好吃，台式熱炒，我知道的喔，那我們約後天好嗎？」悅荷聽他這麼說也笑著點點頭同意。

能享用悅荷親手烹飪的料理，望月清心情很好，同事送公文時似乎比以往順利，猜想望月清是不是遇上什麼好事；樂團夥伴個個與望月清交情匪淺，團練時同團團員都發現了這個變化。

「喂，清醬，心情不錯嘛，有什麼好事啊？」鼓手阿徹睜大眼他問。

「哪有哪有，沒這回事，是天氣變好心情就好的關係。」

「有新女友了？」

「還沒還沒，有嫂子會和你們說的。」

「是『還沒』，不是『沒有』，那就是有鎖定的對象囉！你的女人緣也分一點給兄弟們啊！」阿徹笑著虧了他幾句，其他團員也笑了出來。

「嘿嘿，對啦對啦，我最近做了一首新歌，正巧你們聽聽，給點意見。」他把譜分給團員，撥動吉他弦，哼著曲調，是一首活潑輕快的曲子。

「你轉性啦，這曲風竟然還挺甜美的，有戀愛真的不一樣了。」

「詞我還在寫，會寫戀愛前的曖昧感，你們覺得如何？」

「很好耶，這小節末尾再加幾個音，層次會更加豐富。」貝斯手看著譜哼了幾段，編曲一向是四個團員一起處理。

「我倒覺得這裡加一段這個，如何。」鍵盤手看似隨意在黑白鍵上按了幾個音，樂音流動。

「不錯耶！」望月清趕緊在譜上填寫新加入的靈感。

「上回提的年底參加富士音樂節徵選的事，大家討論一下，清醬你工作排得開嗎，大家的時間要是搭不上的話就放棄，若可行，我們得開始準備曲目和錄音了。」雖然望月清所屬的這個樂團只是玩票性質，其實還小有名氣，粉絲也不少，是各大小音樂節力邀的樂團，富士音樂節是指標性活動，音樂人不應放棄徵選，這是每個樂團的夢想。

「去吧，不去選看看，會後悔。」望月清笑著說，眾團員自是同聲附和。

*

心心念念的晚餐日。

「只是我平常在台灣吃的家常菜，沒什麼特別的。」于悅荷捧著一個小鍋，有些害羞地說，「我還要回去拿幾道菜，請再等一下。」

「很久沒有吃台灣菜了，太期待！我和妳一起去拿。」

悅荷準備的菜有內比利雞做成的苦瓜鳳梨雞湯、紅燒豆腐、蝦仁炒青菜、客家小炒、菜脯蛋、酥炸土魠魚。

望月清平常只吃便當，有時同事會來邀他一起吃飯，下屬不敢約，同期同事都不在總公司，索性隨意買個便當就好，晚餐則隨便在食堂打發，他已經很久沒吃熱騰騰的家常晚餐。

「望月先生，這道豆腐配白飯一起吃很下飯，有點微辣；那是土魠魚，魚是台灣空運來的，調味可是我家的祖傳秘方喔，本來想做魚羹的，後來想起來已經有雞湯，魚塊沾點這個醬也好吃，醬料也是我家秘傳，有一百年以上的歷史。」悅荷把一匙豆腐蓋到他的碗裡，夾了兩塊土魠魚給他，示意他吃法。

「真的好吃！魚太美味了，根本就可以開餐廳了，我祖父過世之後，我就沒在家吃過家常料理，這雞湯怎麼做的，太好吃了！」望月清一臉滿足，五菜一湯，沒多久全部見底。

「這雞湯是鳳梨苦瓜雞湯，鳳梨要先醃製再熬煮，做法不難，只是需要一點時間燉湯，雞肉就是前天你給的內比地雞；這魚塊是我家的醃製秘譜，據長輩說這魚的做法對我家來說好像滿有時代意義的，前幾個月我的日文程度還不夠好，沒問清楚，下次遇到表姑婆我把故事問清楚再講給你聽。」

「聽起來很有歷史感，我等著妳說故事給我聽。我還沒和妳說，我其實有十六分之一台灣血統，曾祖父那邊的，小時候祖父還會和我們說台語，上大學還選過中國語和台灣話。台灣話真難，光是聲調就八種，好難辨認，記得以前課本還有什麼『君、滾、棍、骨、裙……』，根本分不清，全部都發一樣的音，畢業那麼久，我只記得幾句問候的話了，那個……呷……」望月清想了想。

「食飽未？」于悅荷笑問。

「食飽啊！」望月的回應倒是很純正的口音。

收拾好碗筷放到洗碗機內，望月清從冰箱拿出一個小紙盒，「為了感謝悅荷小姐這頓晚餐，今天特地專程排隊外帶這家超人氣蛋糕來，非常好吃喔！」

「這家我知道，聽同學說過，很難買得到耶，我最喜歡吃巧克力口味，謝謝！」于悅荷開心對望月說，她把紙盒打開，盛放好兩盤，一人一塊。

「晚餐真的太好吃了，下次可以再約我一起吃嗎？」望月清笑著說。

「好啊！沒問題！」悅荷參觀了他的房子，發現工作室裡有許多樂器，還有大鋼琴。

「我從學生時代開始就喜歡音樂，現在雖然在旅行社工作，還是很喜歡，還參與樂團，每星期都會去參加團練，有靈感時也會寫寫歌。」

「你好厲害！還會寫歌！可以彈給我聽嗎？」

「好喔！新曲還沒寫完，我隨意彈一段，日後若是有演出機會，有興趣的話歡迎來捧場。」

「哇！望月先生是明星！我一定去。」

悅荷很開心地發現，自己在日本有了個好朋友，她迫不及待想要和何月瑜分享這件事，他也喜歡吃酥炸土魠魚，這可是古早古早就傳承下來的。

吃飽喝足心情愉悅，她隨手再醃製一瓶醬料，密封起來放到冰箱，下回望月清想吃，她可以隨時端一盤上桌。

第二部

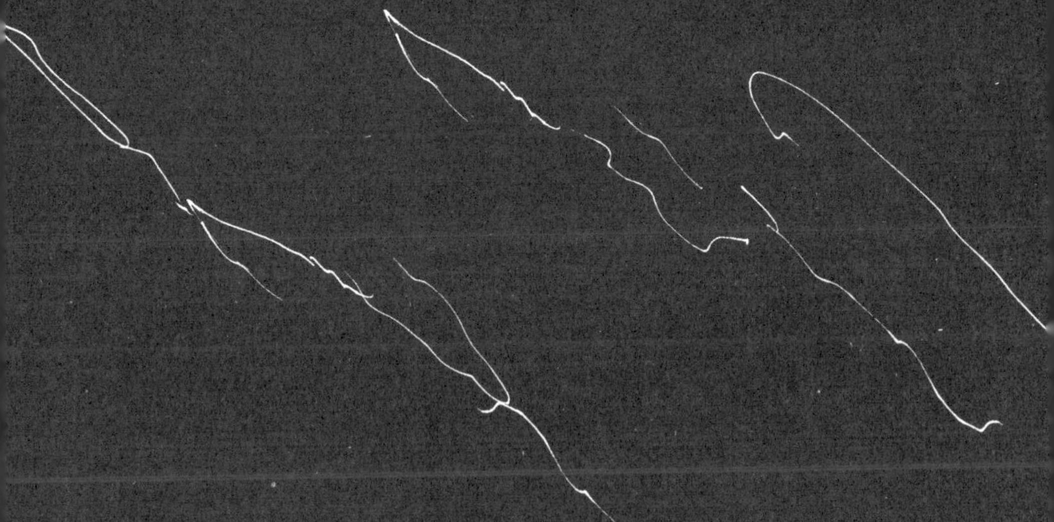

9 張月娘

月娘背起竹簍到南崁街上集市添購柴米油鹽等食材，小食生意蒸蒸日上，她每隔幾天就需到大街上採買、再到藥鋪抓藥，添些食補藥材，母親的病雖大有好轉，然而在季節交替時氣喘毛病時不時就會發作。天色漸轉泛白，這段路她需走大半時辰，小路上已有不少人趕路。前方就是元帥廟，月娘停下腳步，跪倒在佛像前虔心祝禱母親能早日康復。

集市人聲鼎沸，今早阿青被叫去港邊幫忙，元帥廟祭典剛結束，家裡備料幾乎見底，正好休息兩日。月娘走進熱鬧大街，四處張望察看集市上攤家們擺出來的貨品，一時之間竟不知要挑些什麼好。還是先把必買的東西備齊，再來看看剩多少錢再說。她走進油鋪遞給夥計一只陶罐並裝滿油、進米店買十斤米；其他材料則依母親指示的清單一一買下，裝進竹簍內。

鄰近最大一家布莊正在進貨，許多人湊熱鬧張望，這次又來了什麼好貨，月娘也站一旁觀看，路人向布莊夥計打聽，夥計大聲說那是剛從淡水運來的最新一批綢緞，花色漂亮、質地甚好，等整理上架後再歡迎鄉親來店挑選。

月娘摸摸荷包，近日雖有進帳，買上好藥材後其實也只夠生活所需，她還需要存些錢買些厚實保暖的布料。南崁距離淡水不遠，冬季濕冷，還需要多準備些柴火好過冬。

她想著想著走進家門邊小巷，眼熟的一頂華麗軟轎停靠巷口，兩名轎夫正喝水休息。她心裡一窒，腳步變得沉重，踏進屋內，只見一位身著綾羅綢緞的中年美婦及隨侍婢女，母親縮在一旁不敢吭聲，那人正訓著她的母親，她站在面帶病容的阿娘旁，看了一眼美婦頭上穿戴的華麗白玉與翡翠頭面，低頭不發一語。

「三妹，淡水到南崁也有一大段距離，我裹小腳還要我親自來請，妳和女兒腳大跑得快，這麼離家出走，我面子要擱哪？消息要是傳出去，張家面子都丟光了，幫月娘談好的人家，我又要怎麼交代。」大夫人看了一眼悄悄走進來的月娘，摸摸手腕上的寶石玉鐲繼續說道。

「大夫人，您不能放我們母女一馬嗎？」月娘母親低聲說道。

「不能，月娘去當媳婦仔的事已經談定，其實湊巧，那戶人家正好在南崁庄上，這就是命中注定要送作堆的。」大夫人喝一口婢女送上來的茶，她停頓一會換個態度，硬的不行只好來軟的，她難得溫和好言相告。

「其實我給月娘找的是好人家，不是隨隨便便送作堆，老爺生前和那戶人家也有生意往來，不只是月娘過去，他們隔兩年也會送家族分系女兒過來，雖是媳婦仔，也就是提早嫁過去，是兩家聯姻，少爺人品也不錯的，是南崁大戶人家，姓吳，你們可以去打聽打聽，是好人家又能幫家裡，月娘，這是你的責任，妳必須去，這是為了我們張家生意永保安康。」

月娘沉默不語。

「月娘嫁去，三妹可以繼續住娘家這裡，每月月錢不會少給你，你不在的這段時間也可以補給妳。妳看看妳，出來這些日子自己都變成什麼樣子了，以前漂亮的模樣怎麼變得又病又弱，有沒有看大夫，有沒有吃藥，月娘也是，姨娘身體變這樣，妳賺那麼一點錢夠吃飯嗎，妳自己年輕身體好，但妳有沒有替姨娘想一想，要看著她身體這樣拖下去嗎？」

大夫人一臉嫌棄，再喝了一口茶，繼續說。

「之前妳們私自離開的事，我都可以當作是妳帶女兒回娘家，不和妳們計較，日後，妳可以回淡水自己的院子住，我不會管妳，也可以住這裡，想出家想改嫁都行，唯一條件就是月娘必須去吳家，不容更改。」

母女倆沉默許久，吳家，她們都聽過，是南崁望族。阿娘的病一直沒有好轉，也是月娘的心病，大夫人一針見血擊中，月娘無可反駁。

「娘，我去吧，剛好阿青和吳家公子認識，我偶爾會聽他說起，不知是不是同一個人，這樣安排對大娘和您都是最好的。」，她頓了一下，見母親沒有拒絕，繼續向那夫人道，「大夫人，我去。」

「日子看好了，下個月月底，妳們這兩天收拾一下，回淡水準備。」

「我去，望大夫人不要忘了給我們母女的承諾。」

10 李靜荷與黃添旺

當月娘決定要嫁入大戶人家當媳婦仔時，淡水鄰居另一個女孩李靜荷正被新養母簽訂賣身契。數年輾轉被賣，一個又一個陌生男人壓在她身上，微弱的抗拒只換來殘酷毒打，她再也喊不出尖叫，淚已流乾。一個鬼哭神號的颱風夜，夜黑浪高，她趁人不注意，抱個大石頭悄悄跳進淡水河，可以解脫了卻此生了。她沉入河底放棄掙扎，一個又一個大浪把她打入更深遠的滔天巨浪中，求生本能讓她抓到一大塊漂流浮木，她抓緊那塊木頭，四周漆黑，海水一遍又一遍淹沒那弱小身軀，卻又倏地讓她浮出水面喘息，她神志未昏，默默向媽祖娘娘祈求，如果命不該絕，悲慘命運是否能到此為止。

雙腳隱隱約約碰觸到淺海礁石，她掙扎往前游行，用盡全力直到全身再也擠不出任何一絲力氣。神智不清之際有人把她拉起來，她在意識消失的前一刻想的是牛頭馬面持鎖鏈要帶她去地府。

靜荷睜開眼醒來，頭痛欲裂，全身劇痛不已，身上衣服已被換成粗布乾淨衣裳，頭與手腳有許多外傷包紮。這時，一位頭繫銀簪，穿著朱紅色大襟衫的年輕女子一陣風似地進屋。

「這是哪裡，我……」靜荷想起自己投河自盡，外頭天色尚亮，想必不是陰曹地府。

「妳清醒啦，這裡是坑仔，我叫藍玉，叫我阿玉就好，阿旺兄在海邊發現妳，還有一口氣，就救你回來了。」她指著門外一個正在和他人說話的年輕男子道。

藍玉親切溫柔地對靜荷講話，靜荷原居淡水，近兩年在風月場所聽慣泉漳汀福州腔及客家話，一聽藍玉口音偏漳州腔，心裡安定些。

「謝謝，我……」靜荷壓住後腦突襲而來的劇痛，腳上有傷，痛感襲來，頓時講不出話。

「喝些水，藥一起喝下去，再睡一會，醒過來再說。」她順從喝水吃藥，頭痛得只能讓她閉目抵抗痛苦，不多久又沉沉睡去。

數天後，靜荷大略說了她的遭遇，阿旺在旁聽不發一言，兩個女孩兒垂淚不已。

「靜荷，你投河沒死成，漂流到外邊那片海，上天保佑妳命不該絕，以後有什麼打算呢，不管是新養母或是親戚家，妳都不能回去，一定會被送回去那個地獄的。不如這樣，先在這裡住下來養傷，我家後面有個沒人住的土埆厝，有點老舊還能修，阿旺兄可以幫忙修整那屋子，妳先住下，先躲一陣子，等風聲過了，養好身子。這裡吃的都不缺，你可以幫忙種田種菜，只要工作，不差妳一個碗，能活下來的。」藍玉好客仗義，立刻邀請靜荷先養傷住下來，她好言安慰，替靜荷擦擦淚。

「謝謝，你們真好，大恩大德無以為報，我……我不想再當女人了。」靜荷喃喃說，那些悲慘的幾年，她閉起眼睛微微發抖，神情悲苦。

「這樣吧，不如就說是與我一起從霄裡來探親拜訪的。」阿旺開口講了第一句話，他聲音低沉，讓靜荷更覺安心。

「這樣很好啊，阿旺兄前幾天來的時候，帶回奄奄一息的妳，差點沒氣，還好救回來了，阿旺哥是剛從大嵙崁那邊陪同東家來的，我們是親戚，阿旺哥的阿娘是我表姨。我先把阿旺兄的衣服修小些，妳太瘦要多吃點，長點肉扮男子才會像，頭髮要怎麼處理好？」阿玉看著靜荷一頭烏亮柔順黑髮，思考怎麼把頭髮保留，又能男子打扮。

「剪了，我會纏上頭巾。」靜荷隨手拿起一旁的小刀，毫不猶豫一揮，髮絲紛紛落地，她一咬牙，手裡刀鋒毫不猶豫在臉上用力劃了長長兩刀，登時血流如注。

阿旺兄妹倆驚呆來不及阻止，這女子如此堅決，舉手即刻自殘，漂亮面容就這樣破了相，藍玉趕緊取來布巾為她上藥止血。

她稍稍按住臉上傷口，「我叫淨河，乾淨的淨、河流的河，是阿旺和阿玉住在霄裡的親戚。」

「阿旺在嗎？林叔叫你去一趟。」門外有人大喊。

「淨河，你先好好休息，來日方長，阿玉妳們再說說話，我先去辦事。」

阿玉的父親是漳州那邊來的羅漢腳，母親是坑仔平埔女子，母親的親戚還有人在龜崙、霄裡和大嵙崁，住霄裡的阿旺與藍家往來密切，再深入山裡是泰雅族也有遠親，只是路途更遠，漸漸沒了往來。

阿娘死得早，阿玉從小就跟著阿爹生活，前些年父親過世，家裡留有幾塊薄地，所幸還有跟隨父親多年的長工幫忙，豐收時大量賣給商號或請人帶去頂社或南崁集市賣；偶爾也會上山設些小陷阱獵捕小動物，野味也能賣得好價錢。其實野外動物愈來愈少，老人家曾說這一帶有大批成群的野生鹿群，年輕一輩已經難以想像大批鹿群縱橫田野，偶爾倒是能看見一、兩隻野鹿出沒。

早在乾隆年間漢人已大量入墾，大片土地逐漸被開墾成農田，放眼望去全是青翠綠意，野生鹿牛豬已被獵捕殆盡。從八里坌到南崁港、海湖、坑仔、山腳、頂社、南崁，再延伸至桃仔園、大嵙崁、澗仔壢一帶，一有利益糾葛談不攏就用打架解決，漳泉、閩客、原漢械鬥層出不窮，弱勢一方族群被迫放棄所有，命能留著便是萬幸，再深入其他地方找尋新天地重新開始。

最近阿玉的姨母正在給她說親，對方是貓尾崎林家旁系，那人有許多兄弟又是庶出，分不到家產，阿玉已到適婚年齡。姨母是阿玉母親的最小妹妹，嫁入林家，是林家末子林為恩之妻，藍氏憐惜阿玉幼時便失去父母，便給她牽線作媒。阿玉偷偷看過那人幾眼，看起來也是個壯碩有力的小伙子，農暇時經常和家族兄弟們在稻埕空地與聘來的武師一起練習武藝，心裡已經默許幾分，阿旺兄做為藍家兄長，也義不容辭探聽未來妹婿人品。如果那人可以來的話，田地夫妻倆一起勤勞耕作，也是幸福的生活。她偷偷這麼想著，臉上也不自覺掛起微笑。

她住的村子及鄰近的山腳、頂社、外社、南崁、靠近桃仔園那一帶，幾乎已經沒什麼漢番分別，祖輩多數從漳州而來，坑仔和山腳一帶林家和陳家大族倒是泉州人，客家話也能聽懂幾分，平埔族話只剩少數老人家還記得幾句。家裡有老人的年輕人大概還會講簡單單詞，但真要和老人家聊幾句，一開口也只能支支吾吾。老一輩念舊還穿著平埔族衣飾，這輩年輕人像阿玉、阿旺，多半依循潮流，大家怎麼穿怎麼說話，就跟著穿、跟著說，若有機會去漢塾讀書自是願意，例如頂社的茂林齋便招收鄰近有意向學的子弟。

阿旺跟著林本源商號收租隊伍一起來，商號在坑仔及更往南一點的拔仔林一帶有田產，定期會來收租辦事。大嵙崁說遠其實也近，約莫半天路程。世道亂，械鬥報復、趁機劫財的宵小、有點武裝勢力的土匪不在少數，林家商隊管事林大標常點壯碩的阿旺及幾個勇壯會武藝的佃農漢子隨行，說好可減免一點佃租。阿旺是林本源商號墾戶之一，跟管事林叔來辦事能減租還能來走親戚，自是答應。

漳州詔安客家人父親和霄裡社母親結合生出阿旺，幾十年來，大嵙崁湧進漢人墾戶，還有一大批人受聘到樟腦坊工作，漢番同化的程度和坑仔、南崁相比不遑多讓。父親在一次械鬥中過世，是母親扶養他成人。

霄裡社座落於大嵙崁溪邊，從霄裡大圳步行至大嵙崁市街，不過三、四公里的路程，他們稱呼這個地方叫「takohan」，是大水之意，後來去的漳州人聽得其音，便取名叫「大姑陷」，再把「陷」改掉，稱「大姑崁」，最後由巡撫劉銘傳改為「大嵙崁」。

管漢人怎麼叫，「takohan」就是「takohan」，鄰近深山還有泰雅，他們被稱為泰雅大嵙崁群，定居在大嵙崁溪流域的泰雅族，與定居在另一頭霄裡與社角一帶的霄裡社人不盡相同，卻也相安無事。霄裡社人被稱為熟番，平順溫和、泰雅是生番，凶狠殘忍，漢人如此區別，稱呼「生番」、「熟番」；原住民則回敬漢人是「歹人」音轉成「白浪」，不論是原住民看漢人、漢人看原住民，語意都各帶輕視汙辱意味，漢人認定這是開墾無人荒地，而山裡原住民認為那是侵略，不肖漢人詐騙土地、強娶婦女、殺害老弱領賞金都讓人無法忍受，兩邊積怨已久。

淡水開港之後國際貿易往來日漸興盛，需求擴大，時間效率更是被洋人要求。船隻沿淡水河進入大嵙崁溪，從淡水、艋舺、大稻埕到大嵙崁，一路水廣又深，大型帆船還可直接深入大嵙崁，鄰近大嵙崁不遠的深山裡有大量原生樟樹，而樟樹正是製造樟腦的來源，吸引商行到此製造與收購，樟腦炙手可熱，是製作炸藥的重要材料；同時，茶葉也是此地的輸出大宗，茶與樟腦是極為重要的經濟作物，而且都生長在山坡及群山之間，與泰雅族便少不了利害衝突。

那年，林本源商號大東家擔任撫墾幫辦，大量吸收墾戶四、五千家，阿旺一家是其中一戶，他們是少數和泰雅族相處相安無事的一家，阿旺母親家族在幾代之前還有親戚與泰雅族結親，阿旺母子在山裡簡單採集，泰雅族人也不為難這一弱小的女人和她的小兒子，這層原因讓阿旺一家少了被出草的恐慌。阿旺少年時也常跑到山裡找表親，泰雅族人見他勤奮聰慧學東西快，算有泰雅血統，也傳授不少狩獵知識，只是對於他有一半漢人血統感到可惜，睜一隻眼閉一隻眼讓他到山上狩獵走踏。

淨河傷勢好些後，便開始向阿旺藍玉學習獵捕採集，一開始確實跟不上，好強的淨河咬牙緊緊跟隨，她毫不顧忌把自己曬黑甚至曬傷，偶爾也特意穿著平埔式樣服飾或作漢族少年裝扮，免得他人會聯想她是娼家逃出來的，衣服則是揀選藍玉和阿旺的舊衣改小，原民輪廓深，她用炭筆簡單淺淺勾勒、眉毛大剌剌毫不客氣加粗加長。大半年後淨河長出肌肉，身上的傷已然康復，傷痕清清楚楚地在右臉頰深深留下痕跡，少女發育中的胸部用布緊緊纏綁，她不在乎，愈醜愈好，她討厭女人的身體。

同庄村人漸漸知道阿旺和淨河是霄裡來的親戚，在她認真刻意模仿與學習下，竟然也沒人能看出她是漢人女兒，活脫脫是個臉上有傷疤的瘦小少年。淨河每天練習阿旺傳授的刀法，早不復見柔弱女子模樣，而阿旺每兩個月都來一次，見淨河日日辛勤苦練，欣慰之餘也暗暗讚賞她的毅力驚人。

「阿旺、阿旺！在不在？」一個清爽的男子聲音敲門。

「來了！」淨河正好在練習武藝，她走去開了門。

「阿旺，阿……，你是誰？」敲門的人沒頭沒腦問了屋裡人。

「我是淨河，和阿旺阿兄一起過來的，你是……」

「啊！真歹勢，我是頂社那邊的林維給，來找阿旺。」

「維給，你來啦，要出發了嗎？等我一下，我把刀繫好。」阿旺在屋內聽到聲音搭了話。

「不急不急，為恩叔還在集結人手，大概還要一睏仔。」

「沒關係，我們早點去比較好，我也得提早去請商號管事林叔準備出發。對了，阿河，我昨晚和林叔說了，這次帶你去，也讓你多一點禦敵經驗。」兩、三句話間阿旺已經準備妥當，林本源商號例行至拔仔林收租，為防歹人來犯，管事林叔照例叫阿旺隨隊過來，阿旺不和其他人擠大通間，他自小便習慣借住藍家，藍家宅院空屋多，阿旺自己也有屋子在這裡。

「好，阿旺兄，我準備好了。」淨河粗聲回應，她一早練功夫練兩個時辰，體能狀況正好，兩個月不見，阿旺覺得她似乎又健壯些。

「阿河功夫看起來不錯，我們有機會過個兩招。」林維給躍躍欲試說。

「沒問題，其實我練功夫沒多久，正要向維給兄請教。」

說說笑笑，一行阿旺三人來到集結處，與林本源商號管事林叔、頂社林家帶隊林為恩及林家子弟二十餘人各自攜帶稱手兵器出發。每兩、三個月一次的收租雖是義務幫襯林本源家，不過林氏一家親，互相幫忙，日後也有個照應。

眾人走走說說，年輕子弟眼觀四面，耳聽八方，全神戒備。

「還記得七、八年前清兵和法蘭西人打仗的代誌，官兵連土匪都鏟除未盡，上次贏法蘭西人，我還以為大清會輸！我還記得相當清楚，萬一法蘭西人打贏，鉅款賠錢讓權都麻煩，這錢到頭來誰出都還不一定。」領隊之一林為恩說。[1]

「管他咧，天高皇帝遠，我們也管不著，貨出得去就好，我們林本源商號在大嵙崁那裡的茶貨、樟腦出得去換銀子就成。」管事林叔樂天地說。

「鄰近兩國在海上相刣，清法戰事還在淡水，你忘記法蘭西人封鎖淡水港，有多少家商號的茶簍約輸出，貿易船隊運不出去，不然就是被迫延遲交貨時間，改從其他港口出去，就算去最近南崁港、竹塹港，陸運過去再上船至少也要耽誤兩三天，違約損失有夠多，你頭家氣得跳腳，連最大茶商陶德（John Dodd）先生和李春生他們都吃不消，運費成本被抬高，這樣你嘛嘸要緊喔！」林為恩眨眨眼抬眉問。

「這樣講也對，打仗就是不好，咱這邊泉州漳州相刣、和客家人相刣、阮大嵙崁官兵和生番相刣，也是沒完沒了，唉，不知何時才到得了頭，攏是為著一碗飯啊。」林叔嘆口氣，不管是哪個地方，爭地盤、爭水、爭資源，勝者佔據最好資源，敗者舉家搬遷，在較差的荒地重新墾地已是最好狀況，慘的時候全家或全族被殲滅也時有耳聞。

眾小輩聽兩位長輩談論外間大事，做生意與交通航路、政治、地緣關係、國際外交息息相關，阿旺、維給等人無不豎耳靜聽，難免擔憂，兩三人走在一起便談論，總之，外人來犯一定誓死保護，少年人年輕氣盛，正是出生之犢不畏虎。

平安無事走完這趟護衛，淨河膽子也大多了，阿旺和淨河以家族兄弟身分協助藍玉完成親事，藍玉的丈夫林維才雖是旁系末支，畢竟還是林氏維字輩子弟，林家宗主備上一份賀禮，林為恩與妻子藍氏一同來祝賀，幾個與維才比較熟的同輩包括維給、維買都去吃喜酒。阿旺的母親來不了，讓兒子帶厚禮送，並叮囑他幫忙婚事完成後再回霄裡。維才與阿玉簡單擺幾桌喜酒，宴請親友鄰居，熱鬧至入夜方休。

淨河至今仍恐懼會有人來尋她，淡水到南崁距離也不甚遠，正好阿旺也要回去了，既然自己已經成功扮成懂武藝的少年，也不必扭捏女兒心態，霄裡不遠處是深山，她就算逃到山裡死在山裡，也總比被人抓回去賣身強，一拿定主意便與阿旺一起去霄裡。阿旺說，大嵙崁工作機會多，墾戶也缺人手、茶園也缺工，女子要找採茶工作很容易，茶採完了還可以做揀茶工作，工資都不錯，熟練了的揀茶婦還能賺比較多錢。樟腦坊比較危險，報酬雖多卻要拿命去換；還有一些中小型商號都缺工，他可以代為介紹作保，淨河有份工作不是問題。

註釋

1. 林本源商號收租商隊談話的時間，大約設定在一八九一－一八九二年之間，泰雅族和大清官兵還在山林裡打，械鬥少了些但不是沒有，偶爾還有土匪出沒。這支隊伍當時自然未能想到，再過幾年（一八九五），遠在千里之外的甲午戰爭（日稱日清戰爭），即將改變台灣未來，台灣即將易主，成為日本殖民地。

11 黃添旺與李淨河

兩人回到霄裡，臨近的繁華大嵙崁山區那起大而明顯的動亂卻尚未停止，大小商號與墾戶庄民、山上原民的衝突時有所聞，拿重要輸出物資樟腦來說，光緒十一年那年出口的樟腦量，比起以往只剩不到一兩成；另一方面，泰雅族集合各部落之力，頻頻反擊並控制各山中交通要道，開始與官兵武力對抗。

清兵軍隊和泰雅族的戰事，自從第一任巡撫劉銘傳來台赴任後，剿滅與撫番輪番上陣，已陸續在大嵙崁山區打了六年，甚至愈演愈烈，雙方死傷慘重，無數原漢百姓捲了進去，包括阿旺和淨河。清國軍隊有大砲、火箭等當時最新式的武器，還有源源不絕從各地調來的兵勇，雖是如此優勢，短時間內清軍仍無法一舉攻下，泰雅族人驍勇善戰，世居此地數百年，對大嵙崁山區地形地利再熟悉不過，能暫時抵擋住攻勢，甚至可以利用天候地形突襲反攻幾分。清軍開始在勢力範圍內建設砲台與碉堡，在此範圍之內還允許膽大的漢人進入領域墾荒，開設樟腦坊，只要按時繳稅與田賦，籌措軍費，即可大開方便之門。

這樣得寸進尺地侵略泰雅領域，族人如何能接受，他們化整為零，開始零星出草，殺漢人墾民時有所聞，而為掙一口飯的漢人仍前撲後繼往那條界限挑戰。官府急需稅收，疥癩之患不能容忍，於是公布凡殺掉泰雅馬束社（Masu）部落生番就有賞，部分漢人貪財，隨意殺害無辜原住民領賞金，這讓泰雅族各部落群起激憤，整合起來攻擊隘勇線，又是一場大殺戮。

阿旺和淨河入了山，找到泰雅親友，眼看遍地盡是被毀壞的屋舍，小米田幾乎全被燒光，傷重的族人擠滿廣場，男人都去打仗了，阿旺和淨河留下來幫忙照顧老弱婦孺和傷患。

夜晚來臨應是四下漆黑，然而遠方地平線還看得到暗紅光暈，是不是合流（Hbun）部落、羅浮（Rahau）部落那裡抵擋不住了。遠方彷彿天雷轟聲隆隆，悶悶地響，雖不刺耳，卻以一種低頻聲響牽動每一個人，豪大雨有如潑水般從天而落，不多時四處皆泥濘。

午後雷陣雨每天毫不留情地傾盆落在大嵙崁山區，入夏之後更是如此，不管是誰都已精疲力盡。

樹林裡有幾棵枯樹，大火之後隨即被大雨澆熄，不認輸地佇立在這原本應該茂密的樹林之間；是暴風雨來臨前的寧靜，末日感油然而生。

官兵再怎麼樣不熟悉地理環境，有槍有砲佔盡優勢，族人就算熟知天時地利，長時間下來，人肉哪能抵抗猛烈的槍砲彈藥。

「如果明天還活著，我們就成親好無？」阿旺突然對著淨河說。

阿旺在海邊救起淨河開始，就如同兄長般守護她，看她剪斷長髮、刺傷秀麗臉龐、咬著牙追逐動物獵捕、拿起長槍保護老弱族人，她不知哪來的堅忍卓絕的毅力和勇氣，看不出有一絲絲的退縮與鬆懈，那種豁出去的氣勢，就算阿旺自己也自嘆弗如，他敬佩她、敬重她，一年一年過去，靜荷在他心裡的位置，愈來愈清晰。

她抬起頭睜大眼睛愣住許久，揚起嘴角呆望一起患難的阿旺，好幾次面臨危險，他總突然拉她一把，讓她奇蹟似地活下來，頭巾、男人服飾和臉上黑黑的汙漬與疤痕，掩蓋了她是女人的事實，清兵來了、砲彈來了，她已經可以預知自己大概就要交代在這深山裡，而阿旺居然還能記得她是女子，還說要娶她。

「明天說不定就要死了，阿旺哥還有心情講笑話。」

「我講真的，妳肯抑毋肯？」

「阿旺哥，你知道我身子髒，你不嫌棄嗎？」

「妳不髒，不要說這種話，我真心想娶妳。」

「要是真的活下來，就嫁給你。」她其實不認為還能活下來，從她投河開始，多活的這幾年都是多賺的了。

兩人都笑了，阿旺緊緊握住她的手，靜靜等待。山上已經是四面楚歌，快招架不住，這種心理戰術簡直是令人不戰而潰的最佳方式。

周遭槍砲聲開始密集，火光四起，地獄怒吼般的聲音漸漸消滅，阿旺身上的屍體緊壓住他，他再沒有力氣掙扎。不知過了多久，四周聲音變小了，他從塵土堆中爬出。

還活著。

不可置信地摸摸自己的臉、脖子、身體，似乎沒有什麼大傷口。

淨河呢？

他四處張望，搜尋四周動也不動的人體，淨河倒在屍塊之中，他連忙扶起她的身體，

「喂，喂，淨河妳醒醒！」

他重重拍打她的臉，呼喚她的名字，檢視她的身體是否有外傷，沒有！還活著吧！

「喂，喂，醒醒！喂，喂，淨河！淨河！妳醒醒！」

她眼睛動了一下，手指微微地動了一下。

還有一口氣，沒有死！他察看周遭是否還有人存活，卻尋不到任何生息。

快逃！既然上天放過我們，那就活下去，他背起阿河，彎腰快步往山林裡狂奔，阿旺善於觀察四周環境，找到一條最適合奔離的方向，後方有層層疊疊的山林，不知哪來的力氣，他一口氣跑進樹林深處，能跑多久能跑多遠就跑吧，踉蹌跌跤，爬起再跑、爬起再跑、爬起再跑，直到最後一口氣耗盡。

前方有幾間茅草小屋，屋內的人早已逃離，屋中還留有部分不值錢的家私物品。他找到兩身乾淨舊衣，把自己和淨河身上的血衣剝下來，在鄰近的溪流旁把兩人的身體血跡擦洗乾淨，生火把血衣燒掉。

體力透支，不支再度倒地。

不知昏了多久。

淨河先清醒過來，看見自己已經換上一身客家藍衫，不禁微微一紅。她昏迷不醒，身上

有血跡，再遇到官兵要解釋的話，麻煩容易上身。她走到溪邊把自己再清洗過，挑兩桶水、抓兩條魚，在石邊摸到幾粒小蜆仔，屋後有塊農地，她尋了尋挖出幾粒手指粗的地瓜，一旁鄰近樹邊有些野生菌菇，她仔細辨認後是可以吃的，放心採些，簡單煮一鍋魚湯，餘火灰燼裡再埋進幾顆小地瓜。

環視這小屋舍，是小戶農家，這場戰事打了幾個月，平民老百姓不敢身居其中，多半聞風逃離，她打掃屋舍，盡量讓屋子看起來不是荒廢許久的模樣。兩人都有野生技能，在這山裡農家暫時安置不是問題。

泰雅族大嵙崁群投降，[1]官兵清理戰場，零星幾人經過此地上前盤問，都由靜荷出面，她開口說客家話與漳州話，她表示夫妻兩人在這裡耕種，前幾天聽說戰事結束了趕緊回來照料農田。這群清兵見她驚嚇畏縮模樣，聽口音是漢人無誤，要點水喝便離開。

調養多日後兩人身體大致復原，商議許久，他們不敢大意驚動清兵，這裡不是很安全，決定回霄裡再做打算，兩人入山前阿旺已托人將母親蕭氏送至坑仔避戰亂。

兩人行走數日，盡撿偏遠山路行走，一步一步蹣跚回到霄裡，村子裡剩沒多少人。阿旺到田裡去巡視，數月沒處理早已野草蔓生，他不忍心辛苦的莊稼荒廢掉，默默開始除草，稻子眼看不會有好收成了，至少要收拾好。靜荷望著他的背影，也跟著除草引水入田，霄裡大圳養活無數農家，水源充沛。

婦孺鄰居看見阿旺回來，紛紛請託幫忙，家裡男人因戰事或多或少都遭波及，人手嚴重不足，阿旺同意等把自家田處理好就過去幫忙，鄰居農家在收成後會贈送部分農作物當謝禮。

收成、養地、培苗、耕種，一年復始，又是新的一年，這樣清新無戰的日子轉眼已過兩三載。靜荷回復女兒裝扮，阿旺母親蕭氏先收了靜荷當義女，她懂兒子的心思，阿旺希望多掙點錢給母親和未來媳婦換個新屋、添些新婚行頭，他不願靜荷嫁得委屈，阿旺思量，三年為期一到就把靜荷正式娶回來。

蕭氏疼在心裡，拿些壓箱寶首飾當義女的嫁妝。靜荷笑得害羞靦腆，多接了採茶工作來補貼、更加辛勤地到田地工作，與未來的婆婆相處得十分融洽。

這三年可以說是靜荷有生以來最舒心的日子。[2]

前些日子，蕭氏到坑仔探望表妹藍玉，照顧阿玉坐月子，母親嘴裡不說，心裡非常羨慕阿玉有孩子，期盼阿旺也能早點迎娶靜荷過門，讓她過過阿嬤的癮。好不容易過完農忙時節，阿旺和靜荷決定動身前往坑仔去把母親接回來，差不多可以成親了，還可以請學識豐富的林為恩夫子幫忙訂日子，求幅字回來掛。

來到坑仔，藍玉和母親都不在家，倒是遇到阿玉的丈夫維才，才知道女眷們都往竹塹訪親，過幾日便回來。更重要的消息是維才說大清與日本水師開戰，大清戰敗，割地賠款，台灣將送給日本。他們只是聽說還沒證實，大夥也不相信朝廷會把這麼一大片肥沃台灣送給日本，千里之外在打仗，關台灣什麼事！這個謠言是怎麼傳開的，日本人要來台灣了嗎？

維才撿幾件重要的事說，林氏防衛隊正加強訓練，族裡長輩認為傳言並非空穴來風，如果日本人真的入台，天知道他們會在台灣做什麼，大夥對日本的認知是倭寇和海盜，對於異族即將入台十分恐懼憂心，他們必須保護家園，至少維給、維買等兄弟都這麼認為。過幾天他們會前往大稻埕打探消息，問阿旺要不要同去；阿旺沒提曾經入山協助泰雅族抗清的事，今天敵人換成日本人，自己是不是要站在官兵那邊了，阿旺有些迷惘。

「兄弟，我回去問你嫂子，明天再回覆你。」阿旺有點想不透，但還是得問一下靜荷的意思。

「阿旺兄，你娶妻了，怎麼沒和我們說？是誰？」

「還沒娶成，但已經訂下終身了，等我阿娘回來，我們就要拜堂成親。」

「所以是哪裡人啊？是坑仔這裡嗎？我怎麼沒聽說！」

「不是，其實你認識，就是淨河，她其實是女的，躲避仇家才女扮男裝，你還是叫她阿河就可以。」

正好靜荷把廚房整理妥當，端茶水出來。維才瞪大眼睛，看著一襲女裝的靜荷，臉上還是有傷疤，沒錯，是那個武藝還不錯的小伙子。

「淨河！嫂子！真的是妳！我要趕快回去和維給阿兄他們說。」維才一口喝乾靜荷倒給他的茶，調頭又出門。

阿旺和靜荷笑著看他跑出門，阿旺提及他的困惑，打仗，幫官兵打倭寇，可是前些日子還在打清兵呢，他有點想不通，可是如果什麼不做，眼見倭寇打上門又該如何是好。

「阿旺哥，以前我們幫泰雅親戚，是因為兩邊打仗波及老弱婦孺；我們學武也是為了保護自己和家園。現在，如果日本人來了，我們也要保護自己，不為別人，都是為了保護自己的家、自己的親人朋友。」

「你說的對，我們都是要保護自己和親人、顧好自己的田地，誰要搶我的田、我的人，誰就是敵人。」阿旺握著靜荷粗糙的手說。

兩人說了一陣子話，出門到主屋後方較偏的角落，那是阿旺為靜荷修建的小房舍。那年離開時，阿玉為她保留房子，幾年沒住已荒廢。她撥開幾塊勉強舉得起來的大石塊，在屋內一隅埋些東西。

「剛到這裡時，想起父母每年都釀梅子酒，憑著記憶試做些來存放。」她的眼淚不自覺滴下來，阿旺無言，只是心疼地靜靜看她，好多年了，從他在海邊救她上岸開始，他就再也沒瞧過她流淚，最近恢復女裝，似乎變得容易落淚。

靜荷雙手挖土，任憑眼淚往地上滴落，東西藏得很深，她並不遲疑地一直挖著，過了好一會，終於露出酒罈，有幾罈小瓶酒藏在這裡，還有一個李氏列祖列宗的木牌牌位。

阿旺拿出牌位，向牌位跪下叩首，「靜荷的列祖列宗在上，我是黃添旺，我們已相識多年，生死與共，我想娶靜荷為妻，等母親回來就拜堂成親，我發誓一定會好好對待靜荷，白頭偕老。」說完重重磕三個響頭，回頭看看靜荷，雖然她還在流淚，但嘴角已然出現一絲微笑。

再度經歷大難之後，她從淨河變回靜荷。兩人說好等日本人退去，把母親接回來就拜堂成親。

兩人簡單收拾屋內，阿旺去找維買兄弟，靜荷繼續忙著清掃其他房間，休息一會，不小心打了個盹。

半睡半醒之間，耳邊隱約聽到門外傳來叫喚的聲響，阿黑阿花突然大叫汪汪汪，頑皮地衝進竹籬笆內，追著屋前幾隻雞，雞群驚恐四處逃散。

「阿黑阿花不要來亂啦，阿河，阿河，在嗎？啊，現在要喊靜荷了，靜荷姐仔，靜荷姐仔！」耳邊隱隱約約傳來叫喚的聲音，是鄰居阿菊在喊嗎？

註釋

1. 原漢大戰從光緒十二年打到十八年（一八八六－一八九二），據史家描述，彼時大嵙崁溪流域烽火連年，泰雅族奮勇抵抗擁有大砲、火箭等科技武器的清廷正規軍隊。最慘烈同時也是與清廷的最後一場戰役——大嵙崁隘勇線之戰（一八九一年九月－一八九二年四月），本章阿旺和阿河所參與的最後戰役即參考此戰。

2. 本章故事約莫設定於一八九二年的原漢戰役，戰後阿旺與靜荷待在大嵙崁約三年，並在日本人接收台灣之前離開大嵙崁，前往坑仔。

12 何月瑜與于悅荷

「悅荷，悅荷！」

「月瑜姐，我在這！」

遠方兩個女聲驚喜叫喚。

她們不顧擁擠的地鐵站人來人往的眼光，開心呼喊用力揮手。于悅荷領著何月瑜回到住處，從見面開始兩人嘰嘰喳喳話沒停過。

「日語學得怎麼樣了，都來半年多了。」

「每天密集上課，年紀愈大記憶力真的會變差，有點吃力，不過也認識很多新朋友新同學，有很多練習開口講話的機會，而且樓下警衛和鄰居也是我練習的對象。」悅荷向駐守的保安人員打過招呼，簽名領取包裹，並檢查信箱取出信件，引領月瑜往電梯走去。

「看得出來，這裡安管做得很不錯。」何月瑜像鄉巴佬進大宅院般頻頻東張西望。

「一開始真的住不慣，之前在台北租的房間只是七、八坪大，鄉下老家的房子更不用說，雖然老舊但早就習慣，一來東京後進這房子，家具廚具家電什麼的都不缺，舒適舒心，老人家考慮周到，我倒是花好幾個月適應房子。」悅荷打開大門，讓提著行李的月瑜先進去。

「親戚真的對妳很貼心呢！老人家怕你住不慣！」

「我現在星期一到星期五天天上課，而且每天都有考試，口說和聽力什麼都有，除了語言課，還有文化課、歷史課，簡直回到高中時代，課程安排得不錯，有時會有老師同學一起去電影院，看完電影要討論，下個月還安排聽演唱會，還要求我們每天至少要看一小時新聞和一小時連續劇，隔日上學一定要討論。這樣半年下來沒進步說不過去。」

悅荷打開一間房門，「這房間給妳住，裡面有衛浴設備，妳看看那浴缸很棒的喔，我點了薰衣草香，淡淡的，很紓壓的喔，希望妳會喜歡。」

「我都快忘了是來工作的，妳這樣會害我不想回去了啦！」月瑜笑道。

「妳這陣工作壓力是不是很大，妳看臉上冒了好幾顆痘痘，雖然只能住兩天，辦完公事就快回來好好休息，等妳這個案子結束，學姐再來找我，好好放個十天半個月的假吧。」

「上回在電話裡說要給我驚喜就是這個吧，好感動，悅荷真貼心。」

悅荷笑笑，自己最要好的閨蜜學姐，當然要好好招待。

「之前不是和妳提過樓下鄰居在旅行社工作嗎，他家公司可厲害了，市佔率可是數一數二，專門做台灣旅遊團到日本旅遊，他們正在研發新的台灣行程，讓日本人到台灣體驗文化深度旅行，最近正幫他的忙。因為這件事日文精進不少呢。」

「那真的要好好謝謝人家！男的女的？長得帥嗎？」月瑜眨眼。

「嘿嘿，挺帥的，成熟的男人，而且他還是一個小有名氣的樂團主唱兼吉他手，他們團的歌全是他寫的！」

「哈哈哈，這麼優秀！我已經看到妳的眼睛冒星星了，是要我幫妳好好鑑定對吧！沒問題啊！」月瑜大樂。

門鈴響了。

「說人人就到了，我去開門。」

「歡迎，望月君，還有花，好漂亮，謝謝！」

「太期待了，別嫌我提早跑上來啊！」

「我學姐叫 Tsuki（つき），她的日語比我流利多了！學姐，這位就是優秀的望月君。」悅荷招呼兩位相見。

「啊！是你！」月瑜驚訝得合不上嘴，望月也同時發出一樣的句子。

「不會吧，你們兩位認識？」悅荷也吃了一驚。

何月瑜看著門外那人進了客廳，完全講不出話來。她在藝術圈工作，距離娛樂圈總有一段距離，何況還是遠在數千公里外的日本。某個休假日她胡亂挑選影音頻道，無意間發現天際樂團的演出，那時日文還不流利的月瑜，完全不知道樂手在唱什麼，然而她記得那一首望月清的〈月光〉，她莫名滴落一長串的淚水，她不懂為什麼掉淚，然而那種心痛似乎早就存在上百年，她不自覺緊緊抓住手腕，淡淡胎記被抓得發紅，歌聲彷彿是被丟棄已久的鑰匙，啟動了不該被打開的情緒。

從那時開始，她就成為天際樂團忠誠粉絲，開始學日文，收集樂團的影音檔，甚至只要他們入選富士音樂節，她便一定排除萬難赴日參與。這樣的粉絲生活有好幾年，除了悅荷約略知道她喜歡一個冷門樂團外，她不曾與其他朋友提及。

望月清踏入悅荷家門，原本只是答謝悅荷，隨手送束花給悅荷，然而他一看到何月瑜，他又嚇一跳了！

這人，好熟悉，我一定在哪裡看過她！

＊

望月清睜大眼看著月瑜，這兩個女生為什麼都讓他如此熟悉，他萬般不解，這算是命運的相逢嗎？

悅荷招呼他們兩人到客廳，何月瑜愣愣看著望月清，說不出任何話來。

「月瑜姐，妳怎會認識他？」悅荷問。

「妳記不記得我曾和妳說過我喜歡一個日本非主流的樂團，就是望月先生的團啊！怎會這麼巧！」月瑜驚嚇未定。

「真的失禮了，望月先生你好，我是何月瑜，叫我 Tsuki 就好，也是你的忠實粉絲，實在沒想到能在悅荷的家裡遇見你，這些日子悅荷承蒙您的照顧了，謝謝！」何月瑜終於回過神來，用流利的日語說著。

「妳好，不是我油嘴滑舌，妳們兩個我真的有好像認識很久的感覺，剛剛嚇了好大一跳，才一直瞪著妳看，請別介意。」望月清露出招牌微笑，何月瑜被電得幾乎要昏眩。

「這真的是前世修來的緣分！」悅荷喊了月瑜的日文名，招呼兩人坐下，端出飲料蛋糕招待客人。

「今年的富士音樂節會參加嗎？」何月瑜問。

望月清看著其實還愣愣的何月瑜不禁笑開，「我們在準備了，能不能選上就順其自然，畢竟團員們大家都忙。」

「請務必加油，好久沒聽見天際樂團的現場演出了。」她一臉期待。

「對了，望月君，你剛剛說見到我們兩個有種熟識感，和我們說說是怎麼回事吧。」悅荷說，打開三罐啤酒，在每人面前擺了一罐。

「一開始看到悅荷小姐時，我一直在思索到底在哪看過悅荷，但是完完全全沒有頭緒。剛剛看到月瑜小姐記憶一下子浮上來。啊，謝謝，這個牌子的啤酒我很喜歡呢。」望月清拿起啤酒喝了兩口。

「我經常夢見自己是一個喜歡看海的少年，哎呀，不要笑，這是真的。」望月清不好意思地笑著繼續說，「夢裡經常遠望海洋，有個年輕少女常跑來和我說話，說什麼記不得，但畫面印象非常深刻，那少女就像是青少年版的月瑜。」

「很有趣啊，感覺好像是做了前世的夢。」何月瑜若有所思，「我也常作夢，但總覺得是自己工作壓力太大，我還夢過悅荷是古時候一起玩的鄰居好友，還夢見過帶媽媽逃難呢。」

「我看望月先生應該也是壓力太大所以做了看海的夢吧，看海這件事就是潛意識要望月先生記得常去抒發一下壓力的提醒吧。」悅荷也接口說道。

「或許是吧，不過夢裡少女和月瑜小姐真的好像。」望月清還是一臉困惑地看著月瑜說著。

三個人聊著聊著，啤酒竟然已經開了十幾罐了，望月清酒量很好，不知不覺也四、五罐下肚，而何月瑜早就不勝酒力，進去房間後就倒在床上睡著了。

「我學姐睡著了，她最近真的太累，出差兩天，明天又要趕回去工作。」悅荷不知是不是因為喝啤酒的關係，也變得比較健談，臉上微微泛紅。

多麼美好的夜晚，望月清啜了一口啤酒，這樣無拘無束地聊天，也沒有什麼公事上的拘謹，不必講工作，不必聽自己完全沒興趣的話題，輕鬆自在。他愈來愈喜歡和悅荷相處的愉快時光，有時工作不得不加班，自己心裡竟會不自覺焦躁起來，只想趕快完成工作，找機會和悅荷說說話。

完全沒發覺即將天亮，可不可以就這樣不要結束啊！他一眼望向窗邊，天際稍稍露出一絲絲魚肚白，夜也不再漆黑，一輪晶瑩彎月旁透著一抹深藍。

白天總是要來，他微微嘆口氣，站起身來，「真的很喜歡這樣自在輕鬆和妳聊天，天都快亮了。」

「望月先生工作結束後隨時可以來啊，我不是需要更多的日語練習嗎？」悅荷扮個鬼臉笑笑也站起身來，一邊走向玄關說著。

望月清心裡突然湧出一股衝動，他輕輕靠近悅荷，注視她，順手替她撥了下髮際。

「清晨的月好漂亮，淡淡的美。」他遙望遠方薄雲拱月，微微帶著柔和光暈，轉頭回看悅荷。

悅荷心臟倏地猛烈跳動，睜大眼睛幾乎停了呼吸，望月清望她的眼神總是讓她心慌，悅荷總認為那是他的藝人特質不小心放電，他本人不是那個意思。

望月清再靠悅荷更近了些，他的臉有些紅，他的眼睛睫毛好長，自帶電般深深望著她。

「悅荷，我喜歡妳，可以嗎？」彷彿延遲了百餘年的告白。

沒有人能抗拒這般男子的告白，這一刻似乎已經等了一百年，終於迎來擁抱，她遲疑，也環起雙臂，靠向望月清的肩膀。

時間凝結。

「喜歡妳，認真的。待在我身邊好嗎？」

望月清低聲說著，他緊緊擁抱悅荷，彷彿已經等待上百年。

13 黃添旺與李靜荷

遠在數千里之外的清帝國與日本為了朝鮮問題開戰，大清戰敗，與日本簽署馬關條約，其中一條議定台灣澎湖割讓給日本。台灣人民群起激憤，台灣民主國成立。第一任總統唐景崧不到一個月就逃走；第二任總統劉永福兵敗逃離。上官不在，部分群龍無首的清兵搖身一變為亂徒，四處在城內趁火打劫，搶奪錢財。有些世家憂心土匪暴徒會威脅生命財產安全，主張採取溫和合作的態度，只要能保護身家性命安全，開城放行可以談，誰能對付暴徒就支持誰；有些人對異族即將接管台灣充滿擔憂與危機意識，他們集結子弟，手持農鋤鎌刀抵抗日本佔領台灣，流血流汗拚到最後一刻也要為子孫留下尊嚴。

官兵說走就走，然而有更多家族在台灣胼手胝足至少三代，辛辛苦苦開創出一片天，一、兩百年來歷代祖先心血都在這裡，豈可輕言放棄。

乙未年開始，台灣從北到南，各種混亂在各地輪番上演，一開始的武裝防衛在台灣各地幾乎遍地開花，如同先祖輩為了生存、守護家族老弱婦孺及百年來的血汗成果，他們帶上械鬥裝備，決定與日本軍隊決一死戰。坑仔庄由林為恩組織一支義勇軍，並聯絡北部其他義軍，準備起事。

林為恩身為坑仔林氏家族子弟，是坑仔、南崁一帶相當受尊敬的夫子。阿旺與林為恩走得近，林為恩能文能武，行事仗義，阿旺及眾多林氏子弟受其影響頗深。

林為恩舉義旗起事，阿旺與維給、維買、維才等人自是義無反顧地加入。半年多來，眼看新推舉的總統、常勝名將紛紛棄守，而日軍勢如破竹攻佔各地，傳回來的抗日消息，包括大嵙崁、龍潭、北埔、彰化等地皆傷亡慘烈，眾人捶胸頓足氣惱不已，同時不由得憂心忡忡。

他號召子弟前往台北城聲援抗日，與觀音山首領陳秋菊、胡嘉猶、大溪簡大獅、松山詹振等共同圍攻台北城日軍，數支隊伍分頭行事，在台北西郊一觸即發，十日後，坑仔與坪頂義軍再度與日軍交戰於坪頂。

然而倉促起兵人少，兵器更是不敵日本正規精銳軍隊，死傷慘重，後繼更是無力，不得已很快就退回老家。日軍勢必捲土重來，林氏一族急忙撤退，要求各房子弟與老弱婦孺疏散至偏遠鄉間。不到數日，日本先遣部隊派一組人馬先至坑仔測量道路與地形。林為恩認為不該輕舉妄動，加緊速度要求林家各房連夜離開避難；一方面為換取時間，他以平民之姿讓這隊日本士兵夜宿茂林齋。

他以靜制動，讓這組先遣部隊回報此地沒有武裝人力，謀定而後動，再思考下一步。

先遣部隊很滿意林家的配合，隊長留下良民證和號碼旗，說明若是日軍經過，把這兩樣拿出來就沒事。然而過沒幾天武裝日軍大舉入侵進攻坑仔，一舉攻佔林氏祖厝德門居，燒毀茂林齋。

林家一片嘩然，祖厝還有幾位子弟駐守被俘，林為恩手上還有良民證和號碼旗怎會不管用呢？祖厝再怎麼樣也不能被日本人佔據，他強壓心中怒氣，打算向日軍談判。

阿旺讓靜荷趕緊離開坑仔，靜荷不肯。

「我和你在大嵙崁共患難，怎麼現在就不行了。」

「大家都知道妳是女子，不能再扮裝成男子了。妳先和維才去竹塹，替我接阿娘和阿玉回來，我和為恩叔、維給、維買他們一起去和日本人談判，去談事情不用一堆人去。妳一回來，為恩叔談判結束，我們就要成親的。」

「好吧，那你要好好的，不要太衝動，我接了阿娘就會立刻回來。」靜荷紅了臉低聲說。

「快去，兩三天就能回來，我現在去找為恩叔替我們選個好日子，請他當我們的主婚人。」

靜荷羞紅臉答應了，她留起女子長髮，側邊頭髮往前梳，盡量往疤痕邊遮蓋。雖然阿旺大笑說已經看了靜荷的臉好幾年，那疤痕遮不遮無所謂，不過已變回女兒身的靜荷自從與阿旺互表心意後，當然介意起自己的容貌，她去藥鋪買些藥膏塗抹臉上傷疤，希望有點用。

靜荷出發沒多久，阿旺一行人也隨同林為恩進德門居。

日軍佔領祖厝，茂林齋被焚毀、祠堂被破壞、歷代祖先牌位遭任意丟棄，逕入無人之境，每個人都氣紅了眼。良民證和號碼旗無效，日軍當局已得到台北武裝叛亂中其他人的口供，指認坑仔林家參與。日軍認為坑仔是土匪大本營，決意在此地下重手，平定此處甚為重要，這裡距離台北太近，眼中釘須拔除。

包括林為恩、林維給等人被拘禁拷打審問，要求交代其他地方同夥，林為恩素有古代文士浩然俠風，眼見委曲求全談和不成，索性痛快嘲諷大罵，堅絕不吐露任何資訊，其他小輩亦激起硬氣，刑罰加身仍堅忍不屈。

三天後眾人被押往坑仔赤塗崎槍決，[1]林為恩、林維給，包括阿旺在內十九人死亡，維買、維渥中彈未死，逃過一劫，趁夜深人靜逃走，日軍搜捕逃亡者長達半年，一時之間坑仔風聲鶴唳，人人自危。

日本軍隊將疑似反抗者的屋舍全部燒毀，繼續往南挺進，林氏來台至今遭逢最大危難，家族存續危在旦夕。

靜荷在竹塹聽到消息傳來，焦急不已，她立刻改變計畫，先安撫了阿旺的母親，請阿玉再照顧些時日，她再次裝扮成男子，避開日本軍隊，火速趕回坑仔。

坑仔的鄰人低聲指引靜荷來到赤塗崎，日本軍隊已離開，廟埕前槍決現場躺滿一排屍體，廟方安頓無家可歸的庄民，道士做法誦經，低沉樂音悲涼地傳出十里外。靜荷不由得顫抖，阿旺躺在那裡，她看見一雙染紅的鞋，那是她一針一線為阿旺所縫製的暖厚靴子，她認出阿旺還穿著那天和她告別的衣飾，她繼續顫抖著，粗糙煞白的雙手顫抖，她遲遲不願揭開那塊蓋在臉上的布。

一陣強風吹來，臉上白布終究輕輕飄落在地上，阿旺衣服破碎，明顯受刑血痕累累，頭頂致命一槍的血漬早已乾涸。

靜荷牽起阿旺僵冷已無生氣的手，不敢相信。不就是陪著林家的為恩叔當議和使者，怎麼再次相見卻變成屍體？他們出生入死那麼長的一段日子，一次又一次逃過，怎麼這次就沒能逃過，為什麼她不堅持陪著一起去？好歹可以同月同日死。

「是我早就該死了，為什麼不讓我去死，阿旺那麼好的人，為什麼死了，阿旺你回來，我替你去死！」靜荷緊抱阿旺的冰涼殘軀，痛哭失聲。

烏雲遮蔽了月，狂風呼嘯肆虐大地，嗚嗚哽咽，牛毛般細雨隨風亂舞，雨絲急凍成霜，生離死別化成冰冷的淚。

林夫子、維給、阿旺等十餘人躺在血泊之中，[2]阿旺頭上偌大傷口已乾，暗紅血跡怵目驚心，生命已逝。

阿旺臨終前的最後意念，還在天地之間迴蕩。

我對不起你，靜荷，明明說好回去後就要娶妳的。

妳說，我們下輩子，還能再見面嗎？

註釋

1. 有關林家抗日一段，主要參考林氏家譜《林氏九牧衍派台灣家譜》及《新編桃園縣志》。相傳林為恩等人冤魂多次顯靈，月亮化為七尺圓光，替大難未死的逃亡者指引明路，順利逃脫避難，這段傳說亦於林氏家譜中記載。

2. 翻查日文文獻，乙未戰役對抗者皆為匪，當時局勢混亂，必有人趁火打劫，然不應一概而論，林為恩等十九人被視為土匪槍決便疑點重重。林家為坑仔大族，當地首富，亦成立漢學書房，重視教育，培養人才，這樣背景的人專程前往台北變成匪徒，為疑點之一，應可理解為對抗日人的行動，或協助北部義軍抵抗真匪徒。台灣各地部分起事者在日本結束統治後，被稱為抗日義士，並入忠烈祠祭祀。古往今來，成者為王，敗者為寇，歷史向來由勝者詮釋。

14 王亞岳

王亞岳惡夢驚醒，頭部前方左側劇痛，彷彿被狠狠敲擊，他滿身是汗，雙眼盡是驚懼，等意識到自己在熟悉的空間裡，他躺在床上大口呼吸，直到氣息稍稍平穩。

靜躺呼吸逐漸平穩，他睜開眼睛，向兩輛機車方向望去，一輛是光可鑑人的哈雷重機，另一輛已有些年份，看來老舊，車體周邊滿地工具與各種零件，幾乎已是解體廢棄的狀態，車主正在設法讓它復活。

這裡是他的家，他的車庫，他的生活重心。

王亞岳喜歡交通工具，各式各樣的機車、汽車、火車、高鐵、輪船、直升機、戰機、客機，只要是能移動的機器都喜歡。幾年前他還是個水手，上了貨櫃輪船遊歷世界，看遍世界風景，去過阿根廷與智利，去過挪威和格陵蘭，海一望無際、自由自在。幾年後，過足海上癮，他卻被自己束縛起來，跨不過那條無形的自由線。

離開海，他還想飛，估量自己實力只有專科畢業，學歷不顯眼，雖然英文檢定考得不錯，甩開最低要求分數還多一百多分，然而民間航空公司特設的培訓飛行員卻一直考不上，連第一次通知的初試都不曾接到過。幾年過去王亞岳決定不再把時間消耗在等待上，把當船員的幾年積蓄全部花在美國一家飛行學校，扎扎實實學了三年多，飛行時數幾百小時，滿足天空翱翔的欲望，錢全花光才回台灣。

重新再考一次英文檢定，在美國待這麼多年，英文成績更是亮眼，接近滿分，他繼續投履歷去航空公司，自己已經有數百小時的飛行時數，依這資歷或許應該比較容易吧，至少能有一次筆試或面試？他不確定，他清楚那個行業要入行實在難如登天，眼看都快邁入三十大關，今年再沒任何回應，就放棄向國籍航空公司應聘，自己已經翱翔天際過，總還有別條路能試。

他在桃園機場周邊道路與濱海公路沿線上奔馳，從關渡、竹圍、淡水、八里、林口、蘆竹、大園、觀音、新屋、新豐、新竹等地來回穿行，這條路小型客車不多，偶有重機呼嘯而過，來自世界各地的物品從飛機與輪船卸下後，轉由貨車卡車運送，在機場、台北港與物流倉庫之間的路線流動，裝載人類需求的各種物資與欲望，來來回回，不曾停緩。

等待航空公司面試通知同時，他找到貨車駕駛工作，他喜歡跑機場這條線，到國際貨櫃中心載貨，看著貨機打開機艙，拉出一個又一個貨盤，卡車接力帶走一個個貨盤，送到集貨中心，再換各種大小貨車，轉運至各大城市，井然有序的步驟，對他來說十足療癒。

王亞岳找到一個能看見飛機、船、火車、高鐵的地方住下來，在鄉間小村裡以低廉價錢租下兩層樓獨棟老屋，老房東世居此地，跟著兒子孫女搬到市區居住後，捨不得賣掉老屋，房子放久沒人氣容易損壞，一聽到有人打聽這房子，便十分爽快租給這年輕人。

屋子外面有空地，一樓原本是客廳的空間改成停放機車的地方，是車庫也是機車修理工作空間，他從小跟著鄰近的重機店師傅學手藝，寒暑假還在機車店打工，實務經驗豐富，雖然之後跑船去，這門手藝也沒落下，常常尋覓一些車友要脫手的車款，拆拆解解，替換零件，修好還原，成就感油然而生。

靠近後方有浴室、廁所和小廚房，房東希望住客不要用火，他同意，這村子沒有自來瓦斯管線，叫桶裝瓦斯不太方便，自己很少煮食，通常一個外賣便當就能打發，半夜真餓了，煮碗麵加顆蛋就夠。老房東答應他搬台舊冰箱過來，並答應他會添購一台電熱水器沐浴用。

屋裡有張二手原木桌也是房東留下來的，老房東笑著說當初買這張桌子花不少錢，老屋子沒人住，新大樓住宅嫌桌子太大就留在這裡。桌子的確不小，能當六至八人的餐桌使用。現在則是隨意堆疊書籍和影印資料，看書、吃飯、簡單維修都在這桌面上。老屋還有二樓，有兩個房間，這裡僅僅只有簡單的一張床、幾個衣架子，他只有睡覺才上來，一樓空間已經足夠他和他的愛車一起生活。

這裡距離他生長的育幼院大約四十分鐘車程，鄰近是貨櫃運輸與物流倉庫的大本營，他就職的貨運公司二十分鐘內就能到。

想開船就開船，想學飛就學飛，想要自由自在全部都得靠自己，自己訂個目標一步一步掙扎前進，不是富二代、沒有任何家世背景，所有事情都得自己來，不會有人幫忙。

自他有記憶開始便在育幼院生活，那是一家專門接收受虐兒童的社福機構，小時候他只在育幼院和學校之間兩點一線生活，他不記得受虐遭遇，聽說那時還太小，沒有記憶，偶爾做惡夢，夢見頭被打爆，他頭頂有道疤，撥開頭髮能依稀看見。偶爾偏頭痛、偶爾做惡夢，他絲毫不在意，誰沒做過惡夢、誰沒頭痛過？高職畢業後便在院方推薦下找份安定工作，半工半讀再讀個二專，等專科畢業、履行完國民兵役義務，便開始追尋他的第一個自由。

王亞岳只要人在台灣，他必定會帶禮物回育幼院探望私交較好的社工員，育幼院附近有幾排職工宿舍，每戶都是小格局的兩層樓，一排五、六戶，一樓是廚房和客廳，二樓則隔成兩間小房，他記得許老師一家五口就是在其中一戶生活，倒是院長宿舍比較大些。家家戶戶都有綠樹，他依稀記得桂花、茉莉花綻放時，與廚房傳來的飯菜香味交織揉合的氣味，那是育幼院廚房沒有的味道，每次只要聞到這個味道，他便依戀地待在圍牆邊不肯離去。

上一次回來，員工宿舍已無人居住，被荒草給埋沒，鐵皮把整個宿舍區給圍起來，他從鐵籬縫上張望，垃圾與雜草蔓延，已褪色的記憶都被遮蔽。仔細數數，離開育幼院已超過十年。

王亞岳不是個難相處的人，看似孤獨，必須交際時還是很社會化的，會笑會說也幽默，親切隨和，他其實長得還不錯，五官立體分明，眼珠不是黑得深邃，而是帶點深棕神秘感，壯瘦中等身材，有點淡淡外國人輪廓，細看也有些原民笑容的味道。上級主管知道他的經歷，想栽培成為管理幹部，他一再推辭，長官也就作罷，反正駕駛員向來都缺人，他想開車就讓他開車吧。

不想升官，那交個女朋友嗎？管理部門有好幾個妹子悄悄觀望。年輕時愛過幾個都不了了之，年屆三十反而冷了下來，工作、騎哈雷、和車友聊車修車、去海邊看飛機，把他的時間填得滿滿。

他並不排斥結婚生子，只是在等待。

等誰，他不知道，只是相信，有個人在等他。

第三部

15 張月娘與吳永和

一輪清冷明月高掛晴空夜晚，繁星點點。月娘等候阿青到家裡來結算帳款，有些淒楚有些感傷，她已坦然接受大夫人給她的安排。

月娘低頭計算這幾日收入，分成兩等份，她故意算錯，多分給阿青，阿青一向信任月娘，他沒複查金額便喜孜孜地把錢收進一個精緻的荷包，那是月娘前些日子才繡好的淡綠小錢包，雖然針法不如鋪上賣的，但是他很喜歡，那是他擁有的第一個荷包，每天帶在身上不離身。

「我說月娘，我們的生意真的好，要不要多做些，多買些鍋子，請人來幫忙……」他看月娘沒有表情，心想可能是買鍋請人這成本也是一大筆，正想繼續說下去的時候，月娘抬頭，打斷他。

「淡水家裡來人了，這營生無法繼續了。」月娘低聲說。

阿青知道她和母親是逃婚出來的，沒想到這麼快就被找回去。

「妳們要繼續逃走嗎？」

「不，不逃了，我對家族還是有責任要擔，更何況我娘身體不好，禁不起為生活操勞奔波，她需要更好的照料。」月娘淡淡說道，眼眶隱藏不了泛紅。

「不不不，別認命，我們在一起，好不好，我們一起逃走，你娘也就是我娘，我從小就沒有娘，我會把大娘當作自己的親娘。」阿青脫口而出這些話，月娘抬頭看他不知怎麼接話，她沒想到阿青會說這些，她從沒想過與阿青會有任何可能。

月娘鼻頭一酸，忍不住流下了眼淚，她哽咽，少女情竇初開，不知從什麼時候喜歡上這個開朗又勤勞的小子，有他在的每一天，天天都很開心，日子過得飛快。

「我們走，去哪都好，對了，我們去台南府城，我存了些錢，我們去哪裡都能活。」阿青急急對月娘說。

「我是要去吳家，做你的好兄弟吳永和的媳婦仔，這樣你還要讓我和你走嗎？阿青，這是我的命。」月娘起身拭去眼角的淚，低頭進了內堂，關上門。

阿青再度睜大雙眼，張大嘴巴，被一連串的消息給驚嚇住。

什麼！月娘是永和的媳婦仔？

他知道永和家裡要納進一個外地來的媳婦仔，為此永和還有些彆扭，其實阿青也知道永和暗暗有點期待，一個女孩子要進他家門，以後還要和她同間房同張床，不知道應該是什麼樣的心情，自己也搞不清楚自己的情緒，這些私密話永和也曾與阿青說，阿青還安慰他，女孩子人生地不熟，要好好照顧人家。可是，月娘竟然是永和的媳婦仔！

一向反應絕快、應對如流的阿青說不出半句話來。

「阿青，這些日子以來，大娘很感謝你，我知道你是好孩子，回去吧，不要再來了。」月娘的母親從灶間出來，嘆了口氣，平靜地對他說。

「不不不，大娘，永和是讀書人，他還拜外國人為師，信耶穌教，只要我和他說，他肯定會退這門親事。」

「然後呢？月娘可能會被嫁到另一個人家，可能會更慘，會是什麼樣的人家我們也不知道，還不如就吳家的人。」

「大娘，所以我說，我、我們一起逃走！」

「你不知道我們在淡水的那個家族，生意人的人脈廣，逃不掉的。」月娘母親淡淡笑了，「我們女人就是這樣的命運，油麻菜籽命，早早認命就是了。」

「阿青，你很好，勤奮上進，是很不錯的小伙子，如果我可以做主，一定會把月娘嫁給你。唉，說這些也無益，你以後一定會闖出一片天，如果月娘能跟著你一定是好事，可惜有緣無份。是月娘福薄，你就不要再來了。」

月娘母親拿出一錠小元寶，遞給阿青，是離別贈禮，她沒再說什麼，轉身也走向內堂，關上了門。

阿青默然許久，他輕輕握住元寶，又張開手掌，如此反覆多次，最後，他把元寶放在桌上，悄悄關上外門，離開了月娘家。

滿月一如往常從西升起，明亮光影自窗外投射進屋內，元寶在月光下，閃閃發亮。

＊

阿青反覆思量，冷靜幾天後愈來愈沒勇氣讓月娘和他一起私奔，他覺得不能對不起自己的好朋友好兄弟，而且，如果月娘能嫁給永和，以他對永和的了解，永和一定會善待月娘，最好的方式應該就是月娘進入吳家。

他並未與月娘私訂終身，定下什麼海誓山盟，只是單純的鄰居關係、一起做生意的夥伴而已，月娘和永和在一起，月娘會幸福的，這對月娘是好事。自己捏熄這一絲絲對月娘的喜歡，還來得及。

理清思緒後整個人開朗起來，自己這幾年已經掙了不少錢，應該去外面看看。他決意離開南崁，到大嵙崁尋找機會。他向夏叔提出這件事，阿叔也同意了，摸摸阿青的頭，拿出足夠半年生活的花費，暖聲鼓勵他出去闖蕩天下，不順利還是要回來，南崁是他的家。

阿青用力點點頭，大嵙崁有個李老闆非常賞識他，那日李老闆到元帥廟上香捐獻，看阿青在夏叔前聰明伶俐模樣相當喜歡，於是留張名帖給阿青，讓他日後有機會去找他。阿青決定去拜訪李老闆，他聽說大嵙崁是個繁華之地，他要去闖闖看。

阿青不再登門拜訪月娘家，一來知道月娘要嫁給永和，他已經有男女有別的想法，必須避嫌；再說了，就算見面還能說什麼呢，不如就這樣吧，至於要不要向永和告別，他有點擔心自己不小心說了什麼不該說的，萬一害到月娘名聲也不好。他簡單寫張便條，告訴永和要去大嵙崁發展，近期內不會回南崁，他到吳氏店鋪請長工阿福代轉交給少東家。

陳青啟程出發，這輩子再也沒遇見永和與月娘。

數年後，在大嵙崁山邊茶園，阿青認識了一位臉上有疤的女子。

*

月娘被送進吳家已年餘，逐漸摸清這個家的成員，吳家主事者是公婆，其次是吳永和，他還有一個弟弟、兩個妹妹，共由兩位姨娘所生，其中二姨娘是公公的媳婦仔，是從窮苦人家那領來的，她沒有被扶正，正妻是門當戶對的商家聯姻，姨娘和弟弟妹妹的地位沒有他這個正房獨子來得大，吳永和自小被捧在手心裡衣食無缺，用心栽培，沒沾惹少爺紈絝習性，從小就被送去曾力士書房讀書，不是天才、也非聰敏過人，書讀得中規中矩。

家裡雖有長工和幫傭，然而媳婦仔就要有媳婦仔的樣子，月娘的婆婆仍是丟給她許多工作。她還沒圓房，還沒嫁人，地位和婢女差不了多少，洗衣、煮飯、打掃、照顧店面夥計掌櫃的三餐樣樣不能少，幾個姨娘所出的妹妹也會和她一般命運，讓給別人當媳婦仔。而她自己，未來是妻或是妾也不確定，童養媳這身分可彈性調整。

婆婆雖然嚴厲，還算不上虐待媳婦仔，只是遵循童養媳必須經歷的生活，每個女人，只要是媳婦仔，早早許了人家都是這樣的，吃重的工作和家事負擔都還算好的，誰沒聽過被狠心的親戚轉賣好幾手，下落不明，甚至被迫賣身。過了幾個月，月娘比較適應了，「慣習就好」，私底下對她比較好的二姨娘，看月娘就像看自己的過往，總是低聲安慰她。

母親擔心她自己的事影響月娘在婆家的境遇，她找人介紹一個較遠的尼姑庵，捐些錢，打算在那裡終老，叫月娘不須擔心，那裡很清幽，適合長居。

至於自己未來的丈夫，她很少有機會同他說話，阿青似乎沒和永和提過自己，阿青這個人好像消失了，他離開南崁了嗎？至少她出門到市場買菜、去河邊洗衣都沒看過阿青。

阿青去哪了，雖然還能問夏叔，但是她不敢問也不能問，只能把阿青脫口而出說要帶她走的事，深深放在心裡，那些一起捕魚做點心的事，好像已經是許久以前的事了。

她未來的丈夫永和，認識一位大鬍子洋人傳教師，滬尾的洋人多、洋人房舍也多，座落在海邊港口與山丘之間，她自小見得多，不覺得稀奇，她也會幾句簡單的英文，對外國話深感興趣。

永和自從認識馬偕牧師，不但對基督教產生興趣，也一起與族叔吳添友及自己的父親受洗成為基督徒。他對洋人各種學問上了心，只要馬偕來到南崁，他無不跟前跟後，觀察馬偕牧師治病拔牙和宣教，他也對各種洋人器具非常有興趣，有時馬偕提到的異國風情更是讓他著迷。當他知道馬偕在淡水開設牛津學堂，傳授西洋學問，他立刻告訴父親想去淡水跟隨馬偕牧師讀書學外國新知。

「阿爹，這世界不只有四書五經，洋人的世界很精彩，您看過不用馬不用牛跑得還挺快的火車，您也看過外國人治病救人和漢醫那套不同，我很想學，您上次聽曾師與友叔說逢春阿弟學習很不錯，誇逢春是讀書之材，這不很好嗎！或許我可以替逢春先探聽一下，有人在台北總是比較好，而且林叔的兒子信平已經去了，聽他說學習的種種，實在很心動，洋學堂能學到這麼多我們一輩子也沒看過的學問，我也想去。」

父親也信了基督，他知道自己說的父親都清楚，他與南崁社頭目林日旺是好友，也多次聽族叔吳添友提及，常談起教會傳教與辦學的事。

吳添友是吳姓宗親一支，吳氏家族在二十多年前共同設立先祖祭祀公業，主要祭祀先祖，並共同管理其名下二十多甲的耕田與山林，吳添友是其中代表人之一，還有多位族親一同管理，多筆土地維持不易，不少吳氏家族也租借其土地從事農耕。

前兩年，林日旺的兒子干信平被人擄至大嵙崁，靠自己機智反應脫身，從大嵙崁走了三天三夜才回到南崁，這件事讓林家上下認為是奇蹟，於是全家改信基督教，馬偕得知後，知道南崁社頭目全家受洗信教更是高興，把這件事寫成文章，前幾天還刊登在加拿大的報紙上，全家信教後，林日旺更積極協助宣教工作，成為第一代南崁教會長老，送干信平到淡水牛津學堂就讀。每次干信平回南崁，三五好友相聚講起學堂的事，吳永和總是非常羨慕，興起想去淡水的念頭。

他從干信平那邊得知牛津學堂除了傳授神學外，還有各種西洋學識，例如社會學、自然科學、天文、地理、地質、植物、博物、醫學、解剖等，還要臨床實習，甚至音樂和西洋體操都有，學生需就讀三年，三年後必須派遣至各地教會傳教。

差不多同個時間，巡撫大人劉銘傳籌設台灣鐵路轟動北台，光緒十四年起大稻埕至錫口[1]、十七年基隆到台北、十九年台北到新竹，都在接任的巡撫邵友濂任內一一完成。他與父親專程到台北見識蒸氣火車，不需動物與人力拉動的龐然大物，走得還比人還快，令他目瞪口呆大開眼界。

吳父是生意人，受洗成為基督徒，他經常在大稻埕、滬尾、艋舺、大嵙崁一帶走動，略知當前局勢，淡水愈來愈繁華，洋人來了一批又一批，貿易與交通日益重要，自咸豐八年開始，天津條約簽訂後淡水正式開港，更是所有經商人士必經之地，他不要求兒子考功名，多學些洋人知識，百利無一害，至少多認識些洋人，擴展人脈也很好，略略考慮便答應他去淡水求學。

永和大喜，本來以為還要多磨些時日才能說動父親，沒想到父親這麼快就答應，他更沒想到，母親隨後插口搭了話，過幾天找個時間圓房成親吧。

永和悶悶不樂地與長工阿福一起走進山腳樹林邊蒐集樹枝柴火，開心自己可以去淡水求學，又鬱悶母親提的圓房，他覺得萬分彆扭。

「少爺，這是好事情，怎會不高興，我想娶媳婦都沒人幫我張羅。」阿福試著安慰。

「你恬恬啦，我就是不愛被人家逼。」一手邊鐮刀用力揮舞。

「少爺長子，無法度啦，要傳宗接代啊。」

「阮阿娘叫你來講喔，叫你恬恬啦，我心情歹。」

「好啦好啦，我不說了，天快黑了，我們卡緊回去。」

註釋

1. 錫口，現今為松山。

16 小林和越與望月清

天際樂團接受台灣森林音樂節邀約演出，森林音樂節在桃園復興的深山林間舉辦，規模相當盛大，邀請二十幾個中日韓美加等獨立樂團共襄盛舉。天際樂團首度來台開唱，望月清排五天休假，除了演出，他想與小林和越好好聚聚。

「抱歉，林醬，我本來讓人給你留兩張票，結果他搞錯了，總之只寄一張票給你，另一張票寄給另一個友人，真是抱歉。」樂團主唱連發三個道歉可愛貼圖。

「沒關係，反正我回台灣沒多久也沒什麼朋友，一張就一張。話說你哪來台灣朋友？親戚？」

「不是，是我女友的朋友，我在東京見過她一面，當場就說要送她票了，結果她這邊也是失誤了，只給了她一張。」

「等等，女友？你什麼時候交了女友？」小林索性直接按了通話，一接通就是偌大爆炸音樂聲響。

「喂喂，聽得見嗎？什麼時候又交新女友，怎麼沒和我說啊！」小林和越略略提高說話聲音與音樂聲對抗，聽起來似乎與平時高冷氣質不符，對著電話大聲嚷嚷，引來路邊行人注目。

「哎呀，林醬，我這裡還在團練，聽不見啊，等等等等，我找個安靜的地方打給你。」

沒一會兒，望月清回了電，簡單把新戀情輕描淡寫交代了幾句，告訴他一切等到了台北，見面再說。

「啊，對了，你隔壁的座位席是何小姐，再幫我照顧一下。姓何……什麼，可以叫她Tsuki，我都這麼叫。」。

他突然向外大喊「來了來了，立刻到！」「林醬，抱歉，我得掛了，台北見，再聊。」

小林和越掛了電話，他剛去圖書館借兩本書，而圖書館就在南崁高中旁，另一側則是五福宮。學校放學中，學生陸續踏出校門，三三兩兩沿路走著，有人喧鬧，有人掩嘴輕笑小聲說話，有人臉上洋溢笑容，也有人哭喪著臉一臉沉重。校園裡傳出些許音樂聲響，是熱音社的練習時間，鼓聲還不在拍點上、吉他和弦正趕上節奏，主唱斷斷續續尋找音感，學生努力練習，揮灑青春中。他想起他自己的高中時代，他與望月清也是這樣過來的。

和越手上拿著日本快遞信封，果然只有一張票。那日排休，他也有一大堆話想和望月清說。除非在國外，遇到無法請假的狀況，不然和越絕不缺席望月清的演唱會。每當他看見清醬閃亮亮地在舞台上，內心深處的鼓動總是起伏不已，一如在高中校園大禮堂裡看到的清醬。

＊

森林裡舉辦音樂活動吸引大批旅客上山，原本假日就容易塞車的北橫台七線，山道蜿蜒全是車，寸步難行，動彈不得。小林和越先前研究過路線，避開塞車儘早出發，天微亮便騎車上山。他知道望月清和樂團需要準備，不去打擾他們，一口氣先騎到北部山區更深處的滿月圓森林，滿月圓距離大溪不太遠，車程一小時能到，清晨在森林深呼吸散步很是舒服。下午回程沒塞車，音樂活動在東眼山，遊客已經大量聚集，紛紛在市集攤位處停留消費。

演唱會現場，樂團經紀人松本在貴賓入口處等他，經紀人也認識小林，遠遠看到他靠近，便主動迎了出去。

「小林桑，真是抱歉，票的事……」松本一開口又要道歉。

「沒關係，別放在心上，沒事的，還專程來等我？」小林和越深知日本人的個性，道謝也好，道歉也好，總是要重複許多次，也算是一種社交禮儀。

「貴賓席都是十分重要的賓客、相關人員，還有藝人親友。」松本抬抬眼鏡笑笑。

「你們這行真是辛苦，要是我絕對做不了，清醬的事，也要麻煩你多多擔待了。」。

「那當然那當然。」經紀人一邊引領入席，「不過，小林桑這樣也頗好，是機長呢，好帥！」經紀人不忘讚美兩句。

「沒有的事，謝謝你帶我進來啊。」小林禮貌回應，知道松本還有工作，沒聊兩句便讓他離開，他依照票上座號找到位子，貴賓席總是前十分鐘才陸續就位，現在這一區的入席人數不多。

「咦，小林機長！」他身邊一位已坐定的女性突然開口。

應該是清醬說的那位女友的朋友……是姓什麼來著？

「Tsuki桑，妳好，初次見面……咦！我們是不是見過面，上次在我公司附近聚餐……」

小林看見對方容貌，依稀覺得面熟，他急速思索人名。

「對，我是Tsuki，何月瑜。」

月瑜對這巧遇相當驚喜，居然在這裡遇到認識的人，悅荷只和她說隔壁座位是望月清的台灣友人，沒想到世界這麼小，是前些日子到航空公司餐敘時有一面之緣的小林和越。

何月瑜很健談，她笑著說前些日子東京訪友，沒想到閨蜜帶來望月清給她認識，她驚喜不已，大方坦承是天際樂團的粉絲，特別喜歡望月清，本來買不到票，還好閨蜜送來一張。

「小林機長，我們還真是有緣，竟然會在這裡遇到你。」

「對啊，上回和清醬通電話，他忙，也沒特別提到，只是說一個朋友叫Tsuki，現在想來是『月』的日文讀音，世界真小，原來是何小姐。」

「如果你不介意，也可以喊我Tsuki，直接叫月瑜也可以的。」

「好啊，月瑜，妳可以叫我林，我在台灣的本姓原本就是林，十幾歲時被親戚收養才改了日本姓，台灣友人也會叫我和越。」

「好，林君。」月瑜按照日本禮儀喊他林君。

「妳隨意，我聽說妳朋友是清醬女友？」他低聲問。

「是啊，我也嚇一跳，原來是鄰居，近水樓台先得月了，真是羨慕死我啦，悅荷能在外地交個男朋友，有人照顧也挺好。」何月瑜低聲回應。

兩人各懷心思，臉上不自覺都掛上擔心神情，沒一會兒兩人同時笑出來。

「看來，我們雖然剛認識，滿有默契的。」兩人都笑了，距離拉進不少。

天際樂團演唱五首歌，他們的部分結束便直接離開會場，望月清遠遠指了指手機和何月瑜，拱手做個手勢，小林和越揮揮手表示知道，回手機訊息說晚上過去旅館找他。

何月瑜訂妥森林附近的高級旅館住宿一晚，打算好好享受森林芬多精和溫泉。小林和越紳士地送她回到旅館住處，兩人交換LINE，約好下次有機會再出來聊天。

小林續騎重機返程，來到桃園市區靠近藝文特區的一家五星級旅館，望月清和團員被安排下榻此處，櫃台得到房客許可，由接待員引領小林和越搭乘電梯，找到房號按了門鈴。

「咦，不是住總統套房？我還等著來朝聖這家酒店最高級的套房是什麼模樣呢！」小林一進房門便大聲嚷嚷，只有和清醬在一起的時候，他才會卸去沉穩內斂偽裝，一派天真像個十來歲的少年。

「我才不要住總統套房，空空蕩蕩的，我們小小一個團，一人一房就好，這旅館老闆我認識，已經給我升等啦，房間還不錯，明天上班嗎？能喝嗎？」說著，遞了杯威士忌給小林，比總統套房再小一級的豪華套房有小客廳和小酒吧，空間也十足寬敞，一個人住的確舒適。

「能喝，今明天都休息，後天晚上才有班。」說著，輕輕啜了一口。

「那好，我先去洗個澡，你今天睡我這裡，我們好好說個夠。」

一如以往，小林和越待在身邊。

他點點頭催他快去。他站在落地窗前輕輕搖著玻璃杯，似乎放鬆了不少，他欣賞夜景，從高空俯瞰，燈光閃爍明亮，窗外有幾棟看起來特別的建築，和越查了手機，其中一棟是新蓋好的圖書館，裡面有書店也有電影院，他記了下來，下次找時間去好好逛逛，那棟建築在夜裡閃閃發光，滿吸引人的。

不知過了多久，望月清從浴室出來，頭髮還有微微濕氣未乾。他看到林醬的臉略略發紅，不禁輕笑起來，那杯酒已經多兌了水和冰塊，林醬還是不太能喝，一口就臉紅。

兩人長大後各擇出路，不再像以前那樣天天在一起，有時甚至大半年都見不到一面，然而只要相聚了，就還是青少年時期的林醬和清醬。

望月清知道小林想問什麼，他開始鉅細靡遺講著與悅荷的交往過程，大讚悅荷的烹飪手藝與個性溫柔。

「可能還是剛交往吧，我喜歡她。」望月清也搖著酒杯，一飲喝下最後一口，再去倒了半杯。

「喔，有像你喜歡我那樣喜歡她嗎？」林醬幾口酒下肚輕輕微笑。

「你們是不一樣的，我喜歡你，也喜歡她，不一樣的喜歡。」望月每次交了新女友便會和小林這麼說著，他們是兄弟、是麻吉。

林醬把一個沙發抱枕丟了過去「我真榮幸！進了航空業壓力大，沒心思放在別的事，我可不像你，從小到大就是花花公子。」

「嘿，現在你都三十好幾了，開始有興趣了嗎？給你介紹。」

「你不就是故意找了個人給我認識嗎？」他簡單說了幾句與何月瑜的相處，覺得第一印象不差，還交換 LINE，約好日後有機會出來吃飯。

「啊哈，林醬果然是兄弟，什麼都不用解釋。」

「你介紹的人，我會慎重對待的。」小林舉起酒杯碰了碰望月的杯子。

兩人的友情一如清澈晶瑩的水晶杯，依然如昔。

17 何月瑜、小林和越、王亞岳

悅荷和望月清交往一年不到，熱戀蜜月期結束，悅荷難以理解望月清日以繼夜工作，若得空還得團練，兩人相處時間不多；望月雖與悅荷相戀，仍希望保有原有生活模式與個人自由，不太喜歡黏在一起，加上台日文化差異，部分觀念南轅北轍，兩人漸漸冷卻下來。

何月瑜得知悅荷和望月清感情不太順利，睡不好一臉憔悴，便帶著悅荷回台灣暫住些時日。月瑜沒說什麼，只是拍拍學妹表示安慰，不多說什麼，只是讓她有時間先靜下來，悅荷願開口，她當然願意傾聽。

月瑜上個合作案剛結束，長達兩年的案子在開展後鬆緩下來，三個月後展覽順利閉幕，她婉拒館長提出長期聘任副館長的合約，兩年期間與十多位同事共事當然不捨，不過人生來來去去就是如此，她笑著和同事們說江湖有緣再見。

下個合作案已談定，是為一位科技業老闆籌設私人美術館，館址定在桃園，她決定搬到桃園居住，此案規模較大，工作時間比一般合作案要久，以前便與這位老闆合作過幾次，老闆相當欣賞她，同時也給予充分授權。她工作多年，深知能得到老闆信任與充裕資金調度是讓工作順利的不二法門，何月瑜簽下五年合約，並承諾五年後優先考慮續約可能性，當務之急就是先替新老闆把這個美術館從零到有做起來。

她對桃園不熟，只是偶爾去機場時經過，她想起小林和越住南崁，似乎也正在找房子搬出公司宿舍，兩人約好一起留意房子的事，她本來就有意要買新屋置產，桃園是新直轄市，房源不少，她開始看起桃園的房子，沒多久果斷決定買下一處南崁溪邊兩房一廳的新成屋；小林和越也喜歡那個社區，也買了同一社區的三房屋。

月瑜的新工作剛開始，相當忙碌，她讓悅荷幫忙搞定家裡一切陳設布置，包括添購家具家電也全部讓悅荷一手包辦，感情的事需要慢慢沉澱思考，再好好想想這條感情路是否禁得起考驗。悅荷深知月瑜喜歡的簡單樸實風格，採用簡單大方用料實在的組合柚木家具，請來地板廠商鋪上實木地板，一切手作布置，沒有多餘擺飾，兩星期後日式素雅風新家便已完成。

悅荷在月瑜新家第一次與小林和越見面，他知道悅荷與望月現在的關係正處於低潮，若有空他會靜聽悅荷的心情，和越是個很好的聆聽者，理解悅荷的失落與不安。

至於小林和越的新家，兩個女孩子雖說要幫他一併處理，但他不好意思都推給別人，好在家電的選擇倒是一致，冷氣、洗衣機、熱水器、電冰箱，大型電器都買相同品牌。小林和越請月瑜推薦室內設計師，設計師提出幾個方案，他毫不猶豫選擇台式懷舊風，磨石子地板和小塊瓷磚拼湊的浴缸，是他難以忘懷的童年回憶。和越總是四處飛行，早就膩了各地旅館千篇一律的制式房間，有時睜開眼睛還要想一想自己在哪裡。台式鄉間簡樸風格有家的味道，睜開眼就知道自己在家裡的幸福感。設計師很快提出設計圖，經過討論定案，兩個月完工。

兩個月後可以請望月清來台灣小住一段日子，他替望月清擔心新戀情那麼快就被考驗，雖然麻吉好友的愛情總是來得快去得快，從小到現在從沒缺過女伴，悅荷這段戀情算是認真的一次，雖然他不知道兩個人異國異地戀要怎麼繼續下去，就交給時間吧，時間會換來解決良方。

他換上運動服，耳朵塞進無線耳機，清晨五點便沿著南崁溪慢跑，這溪流兩側有人行步道，早晨車少人也少，繞兩圈十公里是他能輕鬆負擔的運動量。

想起望月清把月瑜介紹給他，心有一絲絲莫名惆悵，一直以來清醬就是這樣的，他也不多想其他，這樣當好朋友就好。何月瑜是個成熟體貼的女子，他不討厭月瑜也說不上愛的程度，頂多是朋友般好感，他一邊跑步一邊冷靜剖析自己，才認識月瑜多久，怎可能一下子就喜歡，他這人向來慢熟慢熱，因為冷靜，他知道月瑜對自己有好感，兩人就像鍋裡的湯，小火溫溫煨著，細細提取鍋裡雜質，才能煨出一鍋細膩清澈好湯，只是這鍋湯到最後會是清香或濃郁，說不定仍是一鍋清水，其實他沒什麼想法，一切順其自然。

今天跑步興致相當好，他順從心意從南崁溪穿越幾條大馬路，來到桃林鐵路煉油廠段，其實他不喜歡煉油廠這段，這裡的空氣時常有明顯臭味，明明這條路線車少，沿路樹多有綠蔭，就是空氣品質差，他加快速度繞過那段，跑到寶山街段再轉向虎頭山方向跑去。

小林和越第一次到虎頭山，沿上山的路緩緩行進，看到「忠烈祠暨神社文化園區」綠色路標，信步往左側走進。

「有表參道，是神社。」和越少小離家，在日本居住二十多年，對於日本四處都有的神社不陌生，他反而非常訝異這裡竟然有座保存完整的神社。是桃園神社。

他打開掛在肩膀上的手機，搜尋神社簡介，是台灣極少數保存非常完好的神社，建於一九三八年，算算日子是昭和十三年，據說日本有八百萬神明，桃園神社供奉的是日本開國祖神天照大神，另有豐受大神、大國魂神、大己貴命、少彥名命、明治天皇等。

神社是神的居所，如今已無供奉日本神，他肅穆走入石燈籠兩側參道，經過左側手水舍，如同簡介所描述，看到採自南崁溪的一心六石及銅馬狛犬。他在中門透摒縫隙間張望，再往內還有拜殿和本殿，雖然看起來就是一座保存完好的神社，然而卻已不再是神社，改供奉中華民國革命先烈及因公殉職的軍警消等個人靈位。他在建築外遠遠張望，雙手合十。

平日清晨沒有什麼遊客，偶爾遇到幾個早起運動的老伯伯，四處幽靜。小林和越仔細觀看神社建築，雖然他不懂建築，卻能感受到建築材料絕非泛泛，與四處樹林相映更是古樸幽靜，有種清晨日光的美好。他快速讀過神社園區簡介資料，知道木材全選自台灣深山裡的檜木，而且依日本人選材並有著工程匠師的嚴謹，是台灣目前僅存最完整的日式神社建築。

逛了一圈，耳邊聽到哈雷機車聲響，他好奇張望，這車排氣聲響表現不俗，他想看看騎士是何方神聖。

哈雷騎士取下全罩安全帽，隨手撥動有些壓亂的頭髮，他停妥車，查看車上幾處地方，拿出水壺，灌上幾口。
小林注視著他，這不是在美國認識的那個王亞岳？
王亞岳發覺有人在注視他，眼角餘光瞄了一會。
「你……你不會是小林和越吧？」
「居然會在這裡遇到你，亞岳。」
「對！你不是在日本的航空公司嗎？怎會出現在這裡！」
「簡單說，就是那家公司裁員，我被裁了，剛好台灣的公司缺人，我就來了，現在住在這附近。你呢？」
「我在你結訓後再學了一年，現在在開貨車，原來我們住同一個城市，真是太巧了。」
原來兩人在美國的飛行學校認識，那時小林和越即將結訓，而王亞岳剛進去沒多久，某次在餐廳裡一聊之下發現同為台灣人，那時兩人關係不錯，各自回國後就漸漸斷了聯絡。
「真是沒想到能再遇到你！」
「我也是！」
「你那台哈雷很帥啊，我最近也考慮買一台，台灣這邊放一台才好隨時上路，有空的話陪我看車如何？」
「好啊，沒問題，我可是把兩輛愛車賣掉，才換了這一輛，前幾個月才取車呢！我陪你去看車當然沒問題，不過我猜你還是喜歡復古街車吧？」

「嘿嘿，你還記得我那輛瓦斯車。」兩人大笑。

兩人雖然多年未見，一見面熟悉感都回來了，兩人互相交換聯絡方式，約好雙方都放假的時間，一起去看車。

18 李靜荷與陳青

藍玉和維才陪同表姨和靜荷一起回霄裡老家，從坑仔經南崁，往桃仔園方向，沿南崁溪緩緩前行。路經桃園大廟，景福宮一如往常人聲鼎沸，香客穿梭如織，廟外大爐香煙裊裊，信徒虔誠敬獻貢品，合十禮佛。藍玉一行人扶老人家跪倒大廟前，靜荷凝神專心向開漳聖王祝禱，讓阿旺遠離冤親債主，早日投胎到好人家，祈求義母身體平安健康。

大家在鄰近樹下吃了些乾糧，藍玉看表姨身體狀況不佳，便雇一頂轎子給老人家坐。年輕一輩沉默步行，轎內不時傳出啜泣聲，藍玉沿路撐傘，替靜荷手上的阿旺骨灰罈擋住日光，不時低聲勸慰兩個傷心至極的親人。

回到家後，靜荷向義母下跪叩首，她還沒有成親，自己已把自己當成阿旺的妻子，阿旺已經走了，請義母不要趕她走，她會把婆婆視為親生母親奉養，阿玉抱著靜荷大哭，嫂子命苦。

蕭氏紅著眼什麼話也說不出口，這沉重到無法負荷的喪子之痛也只有靜荷能懂，她又怎麼捨得讓她離開。靜荷遞上手巾低聲說，沒有阿旺，她早就死在海裡了。蕭氏悲嘆兒子福薄，不禁又默默流淚。

霄裡緊鄰大嵙崁，家宅位於霄裡邊緣，向林本源商號承租的田地更靠近大嵙崁。靜荷到大嵙崁採買生活所需，發現這裡四處都有戰爭痕跡，打聽之下才知道她們不在的這段時間，大嵙崁、三角湧、員樹林、龍潭陂一帶客家聚落與日軍有相當慘烈的對峙，日本在這裡折損不少兵力，全民奮起抵抗，包括女人也是，日本人分不清這些人到底是叛民、間諜還是手無縛雞之力的女子。

日本政府發布「對台告諭書」，保證平民各司其職，該務農就繼續農事，各行各業照常工作，以前對抗過日軍者加恩寬宥，歸順者既往寬赦不究，還免除台灣一年應收稅金錢糧，以紓解接收頭一年的民間動盪。

即便抗爭連連，平民老百姓還能對抗多久，紛亂逐漸平息。靜荷暗恨不能參與這場戰役，為阿旺兄報仇。走在路上，許多熟識村人都不見了，這些年，各種械鬥、對抗清兵、對抗日軍，死傷不曾止歇，大嵙崁這片土地斑斑血淚，從山林到平地，處處見血，卻也在最短的時間止傷站起，迅速恢復生機。

自從阿旺死後，已病倒的婆婆更需要她的服侍，獨子死於非命，心病難治，即使靜荷用心侍奉，蕭氏臥榻撐了一年多，也隨兒子走了。

靜荷變得更少言寡語，她收養三個因戰亂喪失父母的小孩，退掉阿旺向商號租借的田地，繼續在大嵙崁茶園的採茶工作，此外盡心照顧阿旺家自有的少許農地，種些蔬菜水果，養些雞鴨，一大三小生活也過得去。

如此，又過了三年。

*

阿青和十幾個茶行長工使勁推著四輛牛車，賣力往上坡爬，山上的茶園陸續採摘收成，山坡上的製茶廠如火如荼趕工，他把製作完成的茶搬上牛車，若腳程來得及，到大稻埕後，約好的一艘船能載他們和茶葉一路往大稻埕。

老闆產業很多，茶葉、木材、樟腦、米，什麼都有，主要與洋人做生意。那天他離開南崁，拿著在元帥廟認識的老闆給他的名帖到大稻埕投靠。老闆姓李，與大稻埕大茶商李春生同為親戚，現居大稻埕負責李氏茶行業務。李老闆相當欣賞他，知道他識字便有意深入栽培，收阿青為學徒，親自傳授，並要求他學簿記，也要學英文和日文，阿青認真學習隨侍老闆身旁，當個使喚用的隨從，也細心學習做生意應對進退。五年時間，阿青從學徒出師，老闆放手讓陳青獨當一面，處理商號重要事務。

時光飛逝，日本人已經接管台灣好幾年。

牛車緩緩移動，突然間，牛突然受驚狂奔，幾個大男人都無法讓牠安靜下來，眼見就要撞上路邊無辜行人。只見一個頭戴布巾的採茶女工突然上前勒住牛頭上的繩索，不斷對牠安撫，漸漸地，牛眼中的懼怕和驚慌慢慢平息，似乎沒事似地，牠走到路邊啃食青草。

阿青和其餘三人總算鬆了口氣，趕緊一路收拾掉下來的茶葉箱及雜物，連忙向那位採茶

女工道謝。

採茶女工揮揮手表示沒事，拍拍身上泥土，繼續走路前行。阿青很驚訝這個採茶女工這麼有本事，居然能讓狂牛安靜下來。他掏出懷裡的綠色繡包，取出幾個銅板，向一旁茶攤買了幾壺涼茶，雙手奉上請她喝茶，暫歇歇腳。

「這位大姐，真多謝，要不是妳剛好在這裡，真不知會闖出什麼大禍，真多謝你！」

「沒要緊，我嘛是拄仔好遇著。」

「大姐，妳是不是也要去大街上，如果不急著趕路，可不可以和我們一起走，真歹勢，這牛我還是有一點擔心，不知還會不會出什麼問題……」

「可以，就一起走吧。」採茶大姐很乾脆地答應，看不出年紀，是做慣勞動的人，臉上有一道疤，面容看起來有點冷淡。

「我叫陳青，我們是李氏茶行的人，從這裡收貨到大稻埕，大姐怎麼稱呼？對牛真有一套！」

「叫我阿旺嫂就好，那沒什麼，農家都有幾招可以對付的。」

阿旺嫂很沉默，她不再說些什麼，沒多久走到市街，她和阿青一行人道別，三個小孩突然冒出來，阿娘阿娘親密喊著，阿青遠遠瞧阿旺嫂抱起其中一個最幼小的女孩兒，牽著兩個小男生，臉上微微露出了笑容。

「喜妹仔，今仔日有沒有乖？」

一時之間，阿青看得出了神，雖然阿旺嫂臉上刀疤有點突兀，其實仔細一看是個秀氣好看的女性，還是個溫柔的母親。

再次向阿旺嫂道謝後，阿青繼續指揮長工將茶葉運送上船，最近茶葉行情不錯，老闆要他盯緊這幾筆訂單，全程細節都不可馬虎，台灣茶葉經他的手送到大稻埕、再到淡水出口，再轉運外國，他與有榮焉。這次工作是老闆對他幾年來工作的驗收，愈發勤奮。

阿青對阿旺嫂留上了心，打聽到阿旺嫂丈夫已過世，那幾個孩子是戰亂下失去雙親的孤兒，阿旺嫂收養三個小孩，在茶園工作，閒暇時還會到深山獵捕小型野味，再帶去市場賣，家裡也留有一塊田，種點東西。一個女人帶三個小孩，還不是親生的，有點辛苦，她似乎不以為意，每有媒婆來提親也都不了了之。

漸漸的，阿青和阿旺嫂一家熟稔起來，三不五時帶些小點心給幾個小孩，孩子們也親熱地喊著阿青叔叔，與阿青打打鬧鬧，阿青自小就失去兄長，沒有兄弟姐妹，他和這些孩子也算是同病相憐，還好有阿旺嫂領養他們，否則這幾個孩子現在是不是還活著也很難說。

阿旺嫂也是，她的未婚夫死了，她認定自己是阿旺家的媳婦，侍奉阿旺的母親終老，前兩年婆婆病死，阿旺嫂家裡空下來，她認養幾個孩子，對她來說是陪伴，這樣的日子過了好些年。

阿青漸漸常來她家吃飯，和小孩們玩耍識字，她不在意別人說什麼閒話，阿旺嫂懶得理會碎言冷語，阿青像弟弟，工作後來到阿旺嫂家吃個便飯，送點小東西、幫忙修屋頂什麼的，他喜歡這種居家生活，漸漸有些依賴阿旺嫂。

「阿旺嫂，我不想叫妳嫂子，妳叫什麼名字？」阿青喝了點酒，他突然膽子大了。

「我叫李靜荷。」阿旺嫂沉默半晌，還是向他透露了名字。

「靜荷、靜荷，我以後叫妳靜荷姐仔好不好？」阿青一句話還沒說完，便在戶外庭院頭一歪睡著。

靜荷拿一張薄被，輕輕蓋在他身上，阿青睡夢中伸出手，抓著靜荷的衣角，靜荷凝視阿青，過一會，緩慢掙脫阿青的手。

收拾石桌殘餚，改坐井邊竹編矮凳上，拿起阿旺的打獵短刀輕輕擦拭，那刀身閃閃發亮，與月光相互輝映。

19 于悅荷與王亞岳

悅荷環抱小毛毯窩在沙發，手邊有本攤開的書，那是描寫台灣烏龍茶之父李春生與蘇格蘭商人陶德（John Dodd）共同將台灣烏龍茶推廣至世界的漫畫，這類以台灣史為背景的漫畫與小說，一向是她相當感興趣的書。不知過了多久，眼睛痠澀，她閉起眼睛休息片刻不自覺睡著，還做了個夢。睜開眼睛，誤以為睡過頭，要是耽誤晚上的工作就糟了，一轉頭看牆上的鐘才過不到半小時，鬆了口氣，繼續沉浸在熟睡餘溫裡。

夢裡有月，客廳明淨大窗也剛剛升起一輪明月。月瑜下訂的那天晚上來看房子時，一彎鈎月勾動心弦，憑衝動直覺簽下小房子，房款超過原訂預算、公設比例有點過高，月瑜還是一咬牙買下來，她笑說以後不能任性了，要認分付房貸。悅荷認為學姐選這房子是對了，能賞月就值得。

與望月清的戀愛如何解，她其實很茫然，月瑜總是拍拍她的肩，老氣橫秋說事緩則圓，用時間來換取思考之類的話。她都知道也理解，可這事變成自己是當事人，就直接掉入死胡同，怎麼轉怎麼心煩，出不來。

月瑜還沒下班回來，悅荷三兩下收拾客廳雜物，進廚房做晚餐，自己隨意匆匆幾筷吃飽，將晚餐妥善包好保溫起來，留張字條出門上班去。

前陣子悅荷散步路過一家溫馨可愛的繪本屋，眼睛為之一亮走進書店，她拿起一本新出版的繪本，是台灣作者的作品，還入圍波隆納書展，溫馨筆觸與敘事風格很吸引她。幾個小小孩黏了過來，她開始和小朋友講話、說故事給小朋友聽，悅荷聲音好聽，鄰近小朋友紛紛靠過來聽故事。她不知道這樣是否會給繪本屋帶來困擾，故事告個段落後，她帶著歉然表情與小朋友們說再見。

悅荷帶了那本書過去結帳，並向老闆表示歉意，繪本屋老闆溫暖熱絡與悅荷聊天，愈聊愈投緣，這才發現悅荷在大學時代常在各出版社邀約下擔任說故事姐姐，一問之下原來是小有名氣的小月亮姐姐，於是極力邀請她來兼職說故事。

就這樣悅荷有了一份兼職工作，在繪本屋說故事給小朋友聽。

在這充滿童趣的繪本屋與小朋友相處，悅荷得到莫大療癒，她每週來四天，每天兩三場，她使用四種語言，中文、台語、日語、英文說故事都難不倒她，每一種語言都獲得小朋友支持，家長們也相當肯定小月亮姐姐的說故事能力。

南崁是一個年輕的社區，年輕父母多、孩子也多，連帶的幼兒園與小學也相當密集。繪本屋老闆說從繪本屋走路十分鐘距離，有四所小學，總人數逼近一萬人，她驚訝不已，台北社區少子化相當嚴重，在南崁竟然還有一萬名小學生，加上公私立幼兒園的孩子、國高中生的人數，想必也很可觀。

悅荷沒多久成為繪本屋當家台柱，還有其他單位在挖角，以前在台北的合作單位知道她回台灣免不了一陣力邀，小月亮姐姐不想四處奔波，想待在南崁就好。她住在月瑜的新家，想付房租卻被月瑜強硬拒絕，只好退而求其次，悅荷負擔水電瓦斯和打掃清潔，月瑜知道她的個性，因此勉強答應，對於悅荷的說故事工作也很贊成，能轉移注意力也很好。

悅荷還常去公益社福機構講故事，那天，她去了兒童之家。接近路口時，兩名家童突然在大馬路上跌倒，她正要上前扶，比她還快的是一位哈雷騎士，他顧不得車子，路邊一丟，趕緊跑過去把兩個小朋友扶起。

「你們怎麼這麼不當心，這路口有很多大卡車，過馬路不能玩！我不是和你們說過很多次了，萬一真的有卡車撞上來怎麼辦？」

「對不起，亞岳哥，是我不好，一直和小明鬧著玩，他一不小心扭到腳，我又扶不起他……」另一個叫阿華的孩子連忙解釋，兩個人眼睛都紅了。

「好了好了，沒事沒事，我帶你們進去擦藥，讓亞岳哥處理一下他的車，啊，雅嫺，妳來了，能不能幫忙帶他們去醫務室，我去收拾一下馬路上的書包。你看看你們，把亞岳哥嚇到連他的愛車都不管了。」常來送貨和當志工的林雅嫺看見事故現場，趕緊上前幫忙。

悅荷讓雅嫺牽著兩個小朋友，自己返回路中，把散落一地的書包課本趕緊收拾回人行道上。兩個小朋友看到小月亮姐姐來了都黏住她，忘記膝蓋傷口還滲著血。

「悅荷，謝謝妳，今天也來講故事啦！」他一邊察看車體是否損傷，一邊和悅荷搭話。

「對啊，每個月雙週週三下午我都會來，孩子上半天課，你怎也今天來？休假？」悅荷把零散物品書本塞回書包裡，隨手拍拍衣服灰塵。

「上次連假加班，主管讓我補休，剛好院長找我有點事，大概是哪個窗戶又破了要讓我修。」他開玩笑說著，院內有些小狀況，等配合的工程行來修又等不及，亞岳從小住這裡，還是個厲害的修補能手，可以輕鬆解決。

悅荷把小朋友的書包帶去醫務室，看看無大礙後便來到教室，準備待會說故事要用的道具。她今天帶來「紙芝居」，幾張圖畫紙放在一個木框裡，一張一張抽出來，像連續圖畫，是看圖說故事的道具。悅荷嫻熟台灣史，這段日子住在南崁，讀些歷史資料也畫幾張圖，自製道具或繪畫都難不倒她。

下課後的孩子紛紛衝進來教室，圍著悅荷嘰嘰喳喳，就連比較沉默內向的孩子都自動默默坐在一邊，期待聽故事。

「我知道大家很興奮，你們別吵，這樣小月亮姐姐才能開始講故事啊，你們是不是很喜歡聽小月亮姐姐的故事？」林雅嫺，來送米的那個女孩子，她進來幫忙維持秩序，看起來是孩子們的大姐頭。

「很喜歡！」小朋友異口同聲大喊。

「以前，這裡是一大片草原，草原上沒有工廠、沒有房子也沒有農田，就是一片沒有什麼人跡的草原，這個地方就在我們現在站著的土地上，一大片一望無際，大群大群的鹿會在這裡飛奔……」小月亮姐姐看大家安靜下來，投給雅嫺一個感謝的眼神。她打開第一張圖畫，在清爽的藍天與草原之間，有鹿大群奔跑、也有鹿群正吃著鮮嫩青草。

「小月亮姐姐，這裡沒有人嗎？」

「小月亮姐姐，這裡在哪裡？我們這裡哪有大草原？」

小朋友七嘴八舌反應熱烈。

「這裡有人住，只是人數不多，一個聚落幾戶聚在一起住，大概都也就是十幾戶，最大的聚落差不多二、三十個家庭，一、二百人，他們是平埔族，也是台灣的原住民族之一，他們不住在山裡，而是平地，全台灣都有平埔族，我們南崁這一帶的平埔族稱為南崁社，再往西方走有坑仔社，南崁溪上游靠近龜山那邊有龜崙社，在平鎮接近大溪那邊有宵裡社。小娟，你是不是有姓潘的同學，在南崁住很久的？」悅荷喚了聲年紀稍大的女孩子，一邊抽換下一張圖。

「對，潘曉珊！她的阿祖還很健康呢，我聽她說，她家好多代都住南崁，數不清幾代了。」

「那她有可能也是平埔族的後代喔，藍、干、夏、潘，這四個姓氏是南崁平埔族比較常見的姓氏。」小月亮姐姐回頭讓大家的注意力再回到紙芝居。

「平埔族在這裡至少住了四百年以上，我們這一帶，古時候稱之為『南崁四社』，就是剛剛說的南崁社、坑仔社、龜崙社、宵裡社，不是只有現在的南崁這塊小小的地方，幾乎現在的桃園北邊都是南崁四社的範圍。大家以狩獵和採集為生，鹿的作用可大了，肉可以吃、皮可以保暖，四百年前，西班牙人、荷蘭人、來自中國泉州漳州一帶的移民來了後，平埔族的生活起了驚天動地的變化……」，說著說著，神神秘秘抽換了下一張圖。

「小月亮姐姐！是不是外星人假扮荷蘭人跑來了？」一個頑皮的小男生拿起掃把假裝槍枝，自帶聲效，把大家都逗樂了。

「大頭，你很煩耶，故事正講到好聽！」另一個小女生立刻出聲阻止皮小孩打斷。

「可能喔，那時候的平埔族人，看到長得不一樣的人來了，還拿了殺傷力強大的武器，大概就和我們看到外星人差不多吧。大部分人是來做生意的，他用武器槍枝來和平埔族人交易，要平埔族多獵些鹿給他們。」小月亮姐姐故作神秘，「剛剛說鹿好用，可以吃、皮可以做衣服保暖，還有什麼用途？」

「……做飛碟！」大頭仍皮得像開心果般，所有小朋友無不哈哈大笑。

「那時候，歐洲人開始航海時代，大家有聽過哥倫布吧？對對對！就是哥倫布發現新大陸那個時代起，各國漸漸開始建造船隻，尋找世界的秘密，發現更多新大陸，他們在世界各地做生意，養活自己的船隊，也為船公司及自己國家尋找更多新的機會，西班牙、荷蘭是最早來到台灣的歐洲人……」圖卡上是一大片汪洋大海，幾艘中大型帆船在海上浮沉。

「船在海上久了，也是需要到陸地補給的，曬乾的鹿肉可以存放很久，是船員重要的食物來源之一，而且，鹿皮是日本戰國時代非常重要的戰略物資，拿來做甲冑、鞍具，說不定織田信長、豐臣秀吉、德川家康他們的軍隊都用過台灣來的鹿皮呢！還能做鞋子、帽子、圍巾、外套，寒冷的地方太需要了！鹿茸更不用說了，是中藥裡的珍貴藥材。荷蘭人就在中國、台灣、日本、南亞諸小國間做起生意來了。」一邊說著故事，一邊抽換了下一張圖，是幾名日本武士穿著鹿製配備的造型圖。

「再晚一些，鄭成功來了，把荷蘭人趕走了，漢人也來了一批，他們是鄭成功的軍隊，再來，清朝的施琅來了，把鄭氏子孫打敗後，再吸引了一批漢人來台灣。因為台灣是塊寶地，很多住大陸的漢人太窮了，只好橫渡台灣海峽來台灣找機會，家鄉少一個人吃飯，就讓一個人有生存下來的機會。」小月亮姐姐換了下一張圖卡，是荷蘭人和鄭軍打仗的情景。

「從大陸來的漢人，來到台灣，怎麼開始活下去呢？對了，土地都是平埔族的，所以他們向平埔族租地來開墾，只要種農作物，有收成就不怕餓死。他們向官府納稅、向平埔族交租金，漸漸也在這裡定居了下來，平埔族人少、漢人多，漸漸地，生活習俗開始交融，有的也願意互相嫁娶，繼承了土地……」

小月亮姐姐生動的故事內容，每個孩子無比專注，就連亞岳站在教室門口多時也全然不知，亞岳一起聽著故事，也和小朋友們一起進入了古代時空，他腦袋裡突然閃過幾個夢境人物。

突然，小朋友們的打鬧聲又傳來，原來小月亮姐姐已經講完故事，他失笑搖頭，自己也神遊到哪去了。

雅嫺正幫悅荷整理道具，一邊興沖沖與小朋友們爭著和小月亮姐姐說話。亞岳覺得奇妙，這是什麼樣的魅力讓大小孩與小小孩都歡迎親近悅荷呢？他望著悅荷細緻淡然的秀美側顏，嘴角微微彎了起來。

「悅荷姐，米我送到了，還有別的地方要去送，先走了喔。」

林雅嫺是頂社那邊的農家，兒童之家經常訂林家的米，雅嫺從高中時代開始幫忙家裡送米到固定訂戶，有空常在這裡當志工，她再過幾個月畢業，想回家好好經營家族傳下來的「天賜米」，除了固定客源，她還想傳承林家的歷史故事、設計宅配網路商店、更進一步品牌化。「天賜」是林家發跡的先祖大名，代表著不忘傳承之意，雅嫺同時積極與在地商家及文化機構串連，很難想像大學還沒畢業。

「雅嫺不簡單，好榜樣。」悅荷目送她離去，對亞岳說。

「真的是，我高中畢業匆匆選了學校就離開，就是沒那麼長遠的眼光。」亞岳上前去幫忙悅荷把器材歸位，他順手拿起悅荷的杯子，倒了滿滿一杯溫水給她，悅荷道謝接過水杯，一口喝完。

「我好像沒聽妳說過這類題材，記得最受歡迎的是小雞小企鵝之類的故事？」

「多換些不一樣的故事，吸引孩子關心也挺不錯的，住在這裡總是要多多少少了解自己住在什麼地方，小朋友喜新戀舊，喜歡新故事，又放不了愛聽的故事。咦，你修完窗戶啦？」

「這次不是窗戶，是網路有點問題，還好不嚴重，這不就比妳早下工？」他笑著說。「要不要坐我的車，我送妳回去吧？我剛好也要去接另一個朋友，正好多帶一頂安全帽。」

「哇，哈雷啊！好啊，我家在南崁溪那邊的臨水社區，在南竹路一帶。」

「咦，也太湊巧了吧，我朋友也住同一個社區！」

「你不用和我說你朋友的名字，我一定不認識，我和我學姐才搬過去半年多，鄰居都不熟的。」

「我怎麼直覺你們真的說不定認識，他姓林。」

「拜託，陳林滿天下，雅嫺也姓林啊，姓林的一大把好嗎？」

沒幾分鐘，到了社區大門，亞岳停下車，把悅荷放下來，小林和越已經在旁邊等候。

「不會吧，還真的認識！」悅荷瞪大眼睛，墨菲定律，太巧了。

「咦，你們認識？」和越在大廳等王亞岳，沒想到連悅荷一併等來了。

「對啊，我們都在育幼院，他說今天多帶一頂安全帽，要接朋友，我沒坐過哈雷，他就載我回來了，沒想到你們也是朋友。」悅荷笑說。

「原來你們是鄰居，還是朋友。」王亞岳也接續笑問。

「這說來話長。既然這麼湊巧，這樣，一起去吃飯如何？我們吃完再去看車？悅荷妳晚上有空嗎？之前讓妳費心幫忙，監工我家裝修什麼的，可以給我一個機會答謝一下嗎？」

「好啊，那我不客氣了，我打電話叫月瑜快回來。」悅荷有心撮合小林和越和月瑜，趕緊撥了電話。

「這樣，我是不是賺到一頓飯啦？」亞岳笑著。

「沒錯，你就幫忙當陪客吧。」小林和越也熟稔笑道。

20 于悅荷、王亞岳、何月瑜，加上小林和越

和越挑了一家南崁小有名氣的客家餐館，挑了張靠窗圓桌，問了問大家想吃什麼，大家也不客氣，紛紛挑選自己喜歡的菜色，沒多久，客家小炒、老皮嫩豆腐、鳳梨蝦球、南瓜爌肉等招牌菜紛紛上桌。

「這家是我覺得南崁最好吃的客家菜了，和越你怎會知道這間？」亞岳夾了一塊蝦球，轉頭問。

「公司裡有幾個熱愛美食的同事，同事介紹這間說好吃一定要吃看看。」

「南崁感覺沒什麼客家人，居然會有這麼一間客家餐館。」月瑜愛喝湯，先裝了一碗剛端上來熱得冒煙的福菜湯。

「南崁過去不但有平埔族、有漳州人、泉州人，也有客家人的，五福宮旁不是有一座惜字亭古蹟嗎，那也是客家遺風；還有啊，南崁街上有一間褒忠亭，那就是很典型的客家廟宇。」悅荷立刻展現了她的台灣史專業。

「悅荷果然台灣史很強！我連褒忠亭在哪都不知道。」亞岳夾了兩塊豆腐送入嘴裡。

「我喜歡在街上四處觀察，那廟在南崁街上，派出所正對面，最近還在重新整修，廟大

修過幾次，在南崁有上百年的歷史了。」悅荷隨口補充兩句。

「對了，原來亞岳也會開飛機，你真的無所不能耶，很難想像你會開船又會開飛機，還能駕駛大貨車，重機也難不倒你，太厲害了！我下次要去問問孩子們，看看他們知不知道。」她換話題，不停誇讚亞岳。

「我哪有厲害，和越才真的厲害，我投了幾年的履歷，沒半家航空公司找我去面試，今年再試最後一次，沒機會就認了。」亞岳輕輕搖動眼前生啤，閃過一絲失落。

「我也才進這公司沒多久，還是外籍，主管級長官都不熟，不然就幫亞岳問了，之前在美國學飛時，亞岳實在是一把好手，缺了點運氣。」和越也是感嘆著。

「呵呵，我都放下了，你們別替我可惜，來，乾杯。」亞岳輕輕舉杯。

「悅荷，你幾時回日本？」小林和越問。

「嗯，目前還是留台灣，工作最近上了軌道，也不好做沒多久就跑掉。」

「清醬最近忙，我們沒聯絡，上次通話是上星期的事了。」悅荷知道和越要問什麼，語氣聽起來很平靜。

「對啦，不急著回去日本，你要是回去日本，誰做飯給我吃。」月瑜摟摟她，大家都笑了。

她停頓了一會，「我聽林君說，你住在一間獨棟小房子，會不會太酷了！空間很大嗎？下次有機會去拜訪？」

「可以啊，其實是老舊的小屋，很簡陋的，但不怕吵附近沒鄰居，我最近入手了一台挺不錯的音響，放音樂聽起來很不錯，大家有空來坐坐。」

「亞岳，你和我提過，想開一間重機工作室，還可以招待車友喝咖啡聊天聚會？」

「只是想想而已，你知道我一直很熱中把報廢車重新修好，讓它復活，想開一間機車修理店，現在我家還有兩輛正在修呢，呵呵，想投資嗎？」

「有何不可，我很有興趣啊！」

「那就先謝謝大老闆了！」

他拿起酒杯和小林和越的酒杯輕碰，兩人很豪邁地將餘酒一仰而盡。

「我去接個電話。」悅荷看了一眼手機來電號碼，接通電話後，便是一串日語問候。

「可能是她姑婆來電，姑婆是日本人，大概是來問她什麼時間要回去日本吧。」月瑜聽到前兩句，推測出是長輩來電。

「望月君會來帶她回去嗎？」小林和越突然發話問月瑜。

「我也不知道，我只見過悅荷接過一次電話，我也沒多問。」

兩人都隱隱約約覺得不太看好，卻又不能說破，兩人對望一眼，表情各自微妙。亞岳雖然認識悅荷，但實際上也沒多熟，他看了小林和越與月瑜一眼，知道是悅荷的私事，也不多話。

「姑婆打來的電話，她說，下星期會來台灣一趟，說是要回來掃墓。」悅荷知道姑婆來台灣，不僅只是掃墓，而是要和悅荷談未來的事。

「妳自己怎麼想呢？」小林和越說。

「老實說，和清醬在一起很開心，但實在太多爭吵和觀念差異了，磨得我已經心累，回來這幾個月，我冷靜多了。」她頓了會，低聲續道，「或許和姑婆談完會有結論了吧。」

「雖然我不清楚妳的事，但精神和妳同在，加油。」亞岳舉杯。

「亞岳，謝謝，一點小事沒什麼。」悅荷的酒杯輕輕碰了下亞岳的杯子。

「我很想知道重機修理店的事，亞岳可以說仔細點嗎？我們一起畫畫大餅吧！」月瑜笑說。

「你們知道重型機車是多數男人的夢想，當然有些女孩子騎重機也超帥氣的。開飛機門檻太高，騎車就簡單多了，但是在台灣騎重型機車一般會被覺得危險，車也不便宜，但遵守交通規則的騎士還是佔絕大多數。」亞岳半杯台啤下肚，話匣子就開了，他描述重機修理店的遠景，小林和越聽得覺得有趣，而兩位女孩子更是睜大眼睛。

「收購已報廢的經典款，再修好車子，可以出租、也可以賣，客戶若有需求也可以介紹車款，代理新車進口。我現在住的地方就改為可以接待客人用的地方，沒人預約時我修車。車庫整理一下弄個吧台和幾張桌椅，是一間手沖咖啡店，閃亮亮的車子在旁邊展示，就有重機主題咖啡店的感覺。」

「哇，說真的，雖然我不懂車子，但聽得我真想投資了！」月瑜笑說，她接著望向悅荷，「重機加繪本元素，如何，反差感愈大愈容易操作行銷。」

「啊，想拖我下水啊，重機加繪本，再加小農產品如何，剛好我和亞岳有共同的朋友，林雅嫺，是這裡的農家，複合起來也挺不錯的，要從長計議，不知亞岳會不會覺得太複雜。」

悅荷轉向另一邊的亞岳。

「挺好的啊，客群多半應該是三、四十以上有點閒錢的人，他們多半有老婆有小孩，加上繪本和小農產品，應該符合主客群。」

「很不賴啊，沒想到亞岳還挺有生意頭腦的，認真說，你把腦袋這些想法落實一下，我們來認真考慮一下執行度如何？把想法具體寫下來，我們來從長計議？」和越大力拍著林亞岳的肩。

「你們認真的？可我不會寫。」亞岳聽到要寫投資企畫書就猶豫起來。

「這個應該算是我的強項，不過我最近忙美術館籌備，有點分身乏術，這樣如何，悅荷也會，她在姑婆的公司可是學了不少。」月瑜手肘一推悅荷，心想讓悅荷再忙碌點，這亞岳看起來挺可靠的，她眼角一瞄悅荷，她愣愣出神了。

「好啊，我白天比較有空，需要聽你說仔細些，我們討論一下，才能把內容轉化成企畫書。」悅荷定了定神，堆起笑容回應了亞岳。

「這樣，我們約每週三，你去育幼院之前的時間。」亞岳很樂意接受這樣的提議，他也不跟她客氣，直接約了下來，悅荷也笑笑點頭同意。

四個朋友聊得盡興，小林和越取消賞車預約，吃完飯又到了另一家酒吧，點杯小酒，繼續聊，不知是飲酒助興，還是哪來的默契，月瑜和亞岳還是第一次見面，而亞岳和悅荷也只是志工服務上多聊過幾句話，小林和越與月瑜、悅荷雖較早認識，也還說不上深交，在這天大家突然就進了個階，本來就一見如故，經過聚會後友好程度直線上升。

這時，望月清安排台灣與香港的出差，發了個 LINE 給和越，下週他要到台灣來住幾天。

手機閃爍，和越點開訊息微笑回應，歡迎來玩。

*

姑婆和望月清同時來台灣找悅荷，讓她有些措手不及，悅荷突然不知怎麼應對。

望月清住在小林和越家裡，姑婆則入住桃園的高級旅館。

小林和越近日都是一日來回短班，以東京、大阪及東南亞城市為主，兩週後有個長班去洛杉磯，一日來回的航班不管是早去晚回、午去夜回都無妨，至少有個白天或夜晚的時段招待望月清。月瑜上班無法當地陪，姑婆南下掃墓訪友，悅荷必須全程跟在老人家旁邊，望月清在台灣這件事也不能和姑婆提起。

有些話，還是需要當面說的。

望月清和悅荷約在南崁溪畔光明公園相見，黃昏時分放學下班與散步行人挺多。天色漸暗後，人潮稍減，在籃球場上不願離去的青少年拋下書包，熱烈展開對峙，專注尬球，旁邊掠陣的少男少女大聲叫好。

「好久不見了，悅荷，最近好嗎？」望月清望著球場發愣，不一會，女友緩步而來，許久不見悅荷，她似乎也還好。

「嗯，很好，這裡生活很舒服很自在。」悅荷把說故事的工作、當志工的事、協助朋友創業的事、姑婆來台灣的事，挑撿些講給他聽，幾個月不常用日語，悅荷的表達感覺生硬不少，如同他們的相處，有點僵。

「這樣挺好的，真為妳開心，前幾天我與公司同事安排三天走訪宜花東，幾個深度行程需要好好體會，才能設計出適合的行程，感覺台灣東部真是塊寶地，每天馬不停蹄，收穫很大。昨晚出差結束，來到林醬的家，妳與林醬在這裡生活，我也來了，不知怎麼說好呢，就是覺得有種熟悉感。」

「清醬也有這種感覺？我也是，不知道為什麼會有一種莫名的熟悉感，我明明才來這個城市住沒多久，應該是好朋友都在身邊吧。」

「不想回去啊……」望月清望著溪水嘆口氣。

「你還是得回東京的，你的舞台在那裡。」

「妳呢？會願意再和我繼續下去嗎？」望月丟來一顆直球。

「清醬，我不知道，或許我們還需要再冷靜久一點的時間。」

「我們重新開始好嗎，未來，我們一起面對。」望月握住悅荷的手。

「再讓我想想，清醬，你的工作也忙，音樂節的徵選準備倒數計時了，要加油喔，之前那首新曲子我很喜歡，到時編完曲，請讓我第一個聽。」悅荷輕輕抽開清醬緊握的手，輕輕轉移了話題。

終曲

21 吳永和與張月娘

月夜，遠處林子傳來欶欶聲響，聲響如雷鳴的樹蟬尚在，秋老虎發威，白天的餘熱和蟬鳴讓吳永和心浮氣躁，徹夜未眠。他索性悄悄起身，隨意收拾幾件衣物背個包袱，天未亮便往淡水去。他少年心性，不喜被逼迫，就是不想和家裡交待圓房這件事，都要去淡水讀書了，怎麼還能想這件事，他有些忿忿不平，又不想讓母親叨唸，留張字條向父母告罪後，趁天色未白即離去。

這下苦了月娘，婆婆知道他們根本沒圓房，兒子竟然還不告而別，怒不可遏，認為月娘沒做好媳婦本分，怒氣全發在月娘身上，重重一巴掌賞了媳婦，月娘跪在地上，忍住怒氣，不由得委屈掉淚。

「你是不是不願意圓房，挑撥他提早離家，不然我兒子這麼孝順，怎可能就這樣突然走掉？讓妳進門是為了什麼！早點傳宗接代，早點生孩子，他去讀書，再回來又是大半年，這樣孩子怎麼懷得上？實在氣死我了！」婆婆拿藤條打她，旁邊二姨娘趕緊出來勸。

「大姐，消消氣，息怒息怒，月娘還是個半大不小的孩子，一定是娘家沒教，她不會啦，下次永和回家前，我再好好教她就好，他們還小啦，不差這半年啦，來，月娘，還不快點倒茶給阿娘，請婆婆息怒，不要生氣了。」

「阿娘請不要生氣，我知道錯了。」月娘其實不知自己哪裡錯，手抖握緊茶杯恭恭敬敬跪著敬茶。

「看到妳就生氣，還不去洗裳！豬寮要清，妳一個人去做，今天要做完，你也不要吃飯了，好好反省。」婆婆要求她一個人去清大半天才能清理完的豬寮，月娘心裡一窒。

她滿身疼痛，一步步帶著全家一大籃衣服到溪邊浣衣場，止不住委屈，邊洗邊掉淚。姨娘好心，替她說話，不然一頓好打免不了，她摸摸懷中乾餅，是姨娘在她出門前塞給她的，一整天只有這塊餅止飢，讓她省點吃。姨娘不知道自己的母親在她到吳家前給了她一點私房錢，千叮萬囑告訴她急用就要用，不要太委屈自己。

去當人家媳婦仔，自然是委屈的，嫁到外家哪有自己的娘好，不被賣掉、不被丟去私娼寮就好，進吳家前心裡已有數，她只能溫吞隱忍。

月娘洗完衣服路過一間小小的土地公廟，她雙手合十，緩緩祝禱，不禁又想起小時候的玩伴靜荷，兩個小女孩常在土地公廟前玩耍，不知她還好嗎？

深夜，她精疲力盡回到家，斑斑血痕還在，她輕輕清洗整天勞動後的一身汙穢，還好她還留著親娘給她的藥膏，清涼感稍稍減輕痛楚。姨娘在她床邊留了兩顆包子，包子已冷，她靜靜吃，和著涼水吞嚥，心裡感謝同樣是媳婦仔熬過來的姨娘，以後的命運就和姨娘一樣了吧。

一天疲累、一身傷痕，她沒心思自憐太久，不多時沉沉入睡。隔日，大清晨起身，開始一天的工作，打水、搬柴火到灶間，準備早食，婆婆允許她吃一碗地瓜籤粥加些醬菜，然後整理後方庭院、公婆起居室及客廳，再去洗衣服。

「你們家媳婦仔是怎麼了？」吳氏家族當家家主吳添友與公公一起從店門口走進內院，出來看到月娘走路有些不對勁，皺起眉頭問。

「媳婦仔要教，我昨天教訓她了。」婆婆從內室走出，聽見族長問便回答。

「能有什麼大事，弟妹也不用生那麼大的氣，牧師那天不是才說，神愛世人，你轉頭就打媳婦打成這樣，以後怎麼上天堂？我家媳婦仔我都惜命命，還送阿快去淡水讀書，妳這樣有夠歹看。」

「是啊，添友說的對，月娘也不小了，打她也不好做人，以後不要打了，人家嫁過來，我們也是要疼惜，你自己的查某仔要是去婆家被人家這樣打，妳也會疼對否？我看這件事十之八九是阿和的問題，下次他回來，你再好好教訓他。」公公也贊同吳添友。

「我知道啦，月娘，我那邊有藥，妳待會過來拿，還不向伯叔道謝。」婆婆對吳添友不敢怠慢，見自己丈夫也皺起眉頭，這惡婆婆的名聲不能落了實。

「多謝阿娘，多謝伯叔。」月娘低聲道謝。

「好啦，嘸代誌啊，月娘妳去泡茶，進來時帶文房四寶進來，幫我記一些事，我和添友叔有事要參詳。」說著便進了內宅大廳。

本來這件事要讓永和做的，結果這小子偷偷離家，店裡識字的不是外出就是在店裡忙，走不開，公公只好叫月娘進廳幫忙。當初和淡水結親，約定互養媳婦仔，就是考慮月娘背景和自家兒子相當，也讀過書識字，可以在店裡幫襯，以後永和繼承店裡生意，也能是得力助手。

月娘精神為之一振，趕緊去泡茶端去，公公讓她在一旁伺候添茶，記錄討論重點，用意是讓她暫時喘口氣，不趕做粗活。月娘感激不已，專心聽起兩位長輩談話，原來他們討論年末宗族祭祀各家分工及納金比例。這是家族大事，吳氏家族先祖留有不少土地，大家分工分租之外，祭拜更是第一等大事，這件事與吳氏家族信仰基督教並不衝突，祭祀祖先、參與南崁庄內各大廟宇祭典都是庄內每個人應該做的，尤其是吳氏已經是庄內大族，參與五福宮祭典、褒忠亭重建等庄內大事更是不能例外。

日子一天過一天，月娘每天都在極其勞碌的狀態中度過，沒有黯然神傷的時間，一躺下來通常是立刻睡著，沒有多餘的時間思考，日子便過得快一些。偶爾抬頭看到月亮，便想起自己親娘，鼻子一酸，拭去淚水繼續工作。

吳永和在淡水接受西式教育，幾個月後當他有機會回家時，知道那天他偷偷跑走卻給月娘帶來嚴厲責罰，他不能指責母親不是，也覺得月娘可憐，一有機會便輕聲安慰她，特意找她一起吃點心，並向母親要求要帶月娘同去淡水上學，教會設立了一間女學校，招收十幾歲的女子。母親不識字，一時之間還無法接受讓媳婦出門上學，三言兩語便反對，這件事便先擱了下來。

吳永和並不灰心，他知道母親最疼自己，一次兩次不允許，或許第三次就成了，友叔家的媳婦仔阿快已經去淡水女學堂讀書，讓月娘去不是什麼大事，找個父母心情好的機會，父親應該會答應，只是父親不管這些婆媳內院的事，他讓自己和阿娘講，阿娘允許才算成功。永和讓母親同意月娘跟他四處走動，月娘一人做兩三個僕役工作，雖然還不是正式的媳婦，也讓他覺得心疼，家裡的長工幫傭都沒月娘工作量大，月娘什麼都要做，他不能去和母親抗議，那只會讓月娘的日子更難過，他只能禱告，神會公平對待每一位信他的子民。

自從那天吳添友說要善待媳婦仔後，吳母就沒再動手打人，月娘之後再收了幾個養女進來幫忙家事，她輕鬆許多，吳父交代月娘讀聖經，再和家裡內院的媳婦仔及有興趣的幫傭婦女組成讀經分享會，這是每日的功課。月娘很樂意接到這個差事，她喜歡讀書，讀聖經也很好，至少永和會很高興，回家時會和她細細解釋，她更期待的是如果這件事做得不錯，牧師和添友族叔再幫她說幾句話，說不定她有機會去淡水讀女學。她不敢想得太美好，只是把願望放在心裡，每日向天父祈禱。

褒忠亭重建完成是幾個大庄大事，全庄必須參與，吳家是南崁庄大族，當然必須出錢出力。月娘和另一個新收進來的養女阿腰遵照指示，準備了豐盛牲禮，提著重重三大籃到已完工的褒忠亭，婆婆及永和也都來了，公公一早就已經去褒忠亭張羅各種事務。

褒忠亭是義民廟，幾十年前從新埔枋寮義民廟分香而來，主要供奉義民爺及無主械鬥亡魂。直到現在，械鬥情況仍略有所聞，桃仔園、南崁、龜崙、澗仔壢、霄裡、大嵙崁，到處都有械鬥傷亡，人一多起來，各種利益盤根錯節，你搶了我的地、他搶了誰的水源、誰擋了誰的好處，一言不和就開打，情緒醞釀久了就爆發，同鄉團結起來對抗外地異鄉人、同業之間的內鬥，原民和漢人鬥、漳州泉州人鬥、閩人客人鬥，太多了，官府雖有條文規範，卻一直無法確實落實遵行，只能約束頭人們各自約束，多數還是睜隻眼閉隻眼，由得他們自行私了。

近幾年已平息不少，然而在許多人的記憶中還存有砍砍殺殺的印象，日子仍是得繃緊神經過下去。雖然再無大型械鬥，小型零星擄人綁架、打劫的事偶有所聞。那年南崁社頭目林日旺兒子干信平被人擄去大嵙崁的事，最後干信平機靈逃脫，順利逃過一劫；還有大地主像大嵙崁林本源商號來收租，都要事先關照頂社林家協助護衛，數十人組成護衛隊在德門居前集結和訓練，便可知端倪。

那場二、三十年前在南崁的大械鬥，老一輩的人還餘悸猶存，許多客家人離開了南崁，往澗仔壢、楊梅壢、竹塹、青埔一帶遷徙，也有些閩籍客人在南崁落地生根好幾代了，沒走的客家人在地方上變得沉默，他們盡可能不在外頭說客家話，漳泉混雜的普通話卻人人流利。在其他利益衝突更大的地方，爭鬥甚至歷經數月上年，有時規模大到整個地方，傷敵一千自損八百，每次誰都討不了好，而械鬥的無主犧牲者便進了義民廟供奉，雖說不限客家人但仍以客家人為主，客死異鄉，不管從哪來，都是悲涼。

各大庄士紳在一次聚會中提議重建褒忠亭，尤其是有客家背景的頭人們都同意聚資興建。義民廟是客家精神代表，這座廟存在且香火旺盛便是象徵慎終追遠不忘祖，許多家族原鄉是客家原鄉，這些士紳家族來台已經數代，甚至更久，他們仍藏有祖輩父輩一脈傳承下來的客家口音，家裡仍摻雜客家話，家裡的飯菜仍有客家遺風。義民廟長久以來香火不斷，供奉義民爺，卻還是個草祠，士紳們邀請曾力士再辦一個書房，選擇設立於褒忠亭，或許與曾師來自漳州也是客家人有關。草祠年久失修決定重新整建，頭人們很快湊足經費，經過兩年，終於落成。

落成大典熱鬧喧嘩，永和與月娘隨母親參拜完畢，父母親忙著與人交際寒暄，永和拉著月娘先行溜走，外頭小販叫賣絡繹不絕，他四處抬頭張望，會不會遇到阿青？阿青最喜歡這種人潮了，是賺錢的好機會。而月娘也同個心思，阿青會來嗎？這麼熱鬧的廟會會不會遇到他？遇到了要用什麼表情面對？他看見我和永和一起，已經成為永和的媳婦仔，他會怎麼樣看我。

兩人心思各自輪轉，想念的人都是已離開南崁多年的阿青。

年後，永和完成學業，留在淡水偕醫館擔任威廉森醫生（Dr. Williamson）的醫事助理。永和與月娘圓房成親，永和堅持月娘名分，說基督徒不納妾。他不斷遊說父母讓月娘隨同他去淡水，吳父終於同意，並在淡水添置新院落給夫妻倆居住，而且也得到長輩首肯，同意月娘到淡水女學堂讀書，小倆口高興萬分。在家過了些時日，永和便與月娘一起前往淡水。

永和一回淡水就四處奔波隨威廉森醫生出診，新居只能全交給月娘打理。永和同宗的堂姐也是添友叔家的媳婦仔阿快，同樣在淡水女學堂求學，聽聞消息便請了假上門幫忙，正好月娘也可以請教她有關申請入學的流程。永和工作忙碌，最近疫情似乎有再起趨勢，患病者日益增加，永和與威廉森醫生四處看診，無暇顧及生活，還好有阿快陪月娘同去女學詢問入學細節。月娘有教會牧師推薦，同時也曾讀書識字，申請過程順利，預計下一期入學。

三人一起吃飯，淡水是月娘家鄉，大街小巷月娘都很熟悉，回想那天她與母親背著小包袱出逃到南崁，在海邊遇到阿青、與阿青合作做小生意、進到吳家當童養媳，一晃眼竟已數年。永和問她願不願意回去老家探望，月娘搖搖頭說，母親不在老屋，親戚也都生份得很，她不想做無謂的交際。

永和都依著她，偶爾工作中抽出一點點空間時間，永和會帶著月娘一起在淡水河邊看夕陽，一起聊天，分享對未來的願景，一起為教會宣教、學更多醫學技術。新婚小夫婦正編織著美好願景，偶爾想起阿青，都是過去的事了。

疫情急速降臨，被稱為「百斯篤」（pest）的鼠疫，悄悄在台灣各大港口快速蔓延開來，不只「百斯篤」，還有一種被稱為「虎列剌」（Cholera），後稱「霍亂」的傳染病也大張旗鼓而來。[1]

來自外地的帆船將世紀黑死病傳入各國際大港，鼠疫正以迅猛之姿，在淡水與安平港擴散開來，在醫者與病人還不甚清楚的情況下，大批人們紛紛病倒，有錢人見疫病不可收拾，趕緊收拾到他地避禍。

疫情來得如此兇猛，不管是洋醫或是漢醫都忙得焦頭爛額，距離開學的日子尚有一段時間，月娘主動向丈夫要求同去幫忙，患者也有婦女，有個女助理在場會比較方便些，畢竟洋醫師和助手清一色都是男性。威廉森醫生一聽自是大表歡迎，他煩惱這件事已久，若有女性病患，他通常去女學請求幫忙，不過隨著疫情蔓延，女性病人大增，女學教員也有點吃不消，畢竟她們還有教務及教學要處理，雖然她們不說，威廉森醫生也知道這有點棘手，正打算是不是在外聘請幾位適合的女助手，不過女助手還要訓練，也有識字與知識方面的問題，不是那麼容易找到合適的人。

月娘識字、信教、略懂英語，也是助手之妻，還即將進入女學就讀，的確是很適合的人選，威廉森醫生人聲稱讚她是南丁格爾天使。永和先讓月娘看了他整理的助手筆記，並初步教授月娘基本衛教知識，一開始先讓月娘觀望實習，遇到女性病人才讓月娘靠近協助。

日子在忙碌中飛逝，月娘與永和經常忙得連飯都沒能吃上一口。有時，病人家裡沒人照料，月娘不忍心還會主動到病家幫忙，她不忍心看著病患全家無人照顧，全家染疫，大人無力照顧孩子，家裡環境無力維持整潔，更是擴大染疫循環。

密集接觸病人風險高，幾個月下來月娘隨醫療人員四處照護，終究月娘也病倒了。早晨她收拾家務後，昏倒在客廳不省人事，永和外出工作，一進門大吃一驚，連忙扶她進臥房檢查症狀，一股寒意襲上來，隱隱約約覺得不妙。

月娘發冷、發燒、全身疼痛、咳出血痰、呼吸困難，僅僅兩天，已虛弱得無法下床，病情變得無法控制。

永和百般後悔，月娘雖對照護有熱情也熱心，卻還無法百分百保護自己，他後悔自己輕率讓月娘一起和醫療組工作，是他的錯，他不應該在人手不足的情況下，就讓月娘在高危險疫情場所和他們一起工作。

前些日子才一起上教堂禮拜、一起去問入學事宜、一起看淡水夕陽，昨天還好好的，永和與月娘新婚中，小倆口感情如膠似漆。

「月娘，妳怎麼樣了？」永和帶著威廉森醫生衝進臥房，只見月娘畏寒顫抖，昏迷不醒。

「你的判斷沒錯，這是『百斯篤』，看來已經在淡水傳開來了，擋不住。你趕快找人把她的衣物、用過的東西煮沸洗過，你們和她密切接觸，也要趕快消毒清理。」

威廉森醫生嘆口氣，將器材消毒後收入醫療包，月娘這些日子協助醫療照護，幫了偕醫館很大的忙，不料還是病倒，他更擔心愈來愈嚴重的疫情擴散。永和追問後續，只見他搖搖頭。其實永和都知道，只是一生起病來是自己家人便六神無主。威廉森醫生拍拍永和肩膀，再次叮嚀病人衣物需處理，畫了個十字，帶著永和一起禱告，祈求奇蹟，留了些藥，便離開了永和家。

永和整個人都慌了，果然是鼠疫！他跟著威廉森醫生四處治病，沒想到月娘竟然被傳染，各國病理學家對此病仍束手無策。前兩年，來自廈門的帆船將鼠疫傳入安平港，夏入秋之際再由淡水傳入台北城。此後每年流行期從港口發散到台灣各地，死亡率極高。

「我再去請另一位醫生來……」想起另一位洋醫往東部傳教，已經離開一個多月了，也不知走到哪了。

「永和阿弟，我聽說大稻埕有一位很厲害的漢醫，叫黃玉階，也治癒了不少人，請他來看看月娘如何？」阿快幫忙送走洋醫師後，進了房門低聲提議。

「對！還有漢醫，我立刻去請！」雖然永和受過幾年西洋醫學教育，然而從小到大接受過不少漢醫診治，他也聽過黃玉階醫師大名，必須試一試。

永和急忙到大稻埕請來黃玉階，這時月娘已陷入昏迷。黃大夫把脈許久，施以針術，他嘆了口氣。

「鼠疫很難治，小夫人這款又是最凶狠急性的，你是洋醫助手，這樣你也知道目前西洋方面沒有特效藥，我這幾針下去，可以刺激緩解，但是不是有效也不能斷定，這波疫病來得太猛了。我開個單方，你們趕快去煎藥，想辦法讓她喝下去，至於能不能救得起來，只能看她的造化了。」

他嘆了一聲，又續道「小夫人喜脈浮現，已有身孕，如果能過這一難關，估計孩子可能保不住；但是如果過不了這關，孩子也……」他搖了搖頭，醫者仁善無法再講下去。

阿快姐一旁止不住垂淚，她起身向大夫拿了抓藥單方，奉上禮金，送黃大夫離去。

「月娘，妳要好起來，等妳好起來，妳就要去上學，妳盼想那麼久，終於可以上學了，怎麼卻生病不起了……還有孩子，大夫說妳懷上孩子了，妳自己還不知道吧，這下阿娘會開心會對妳更好的，你要堅持下去。」永和焦急在月娘面前說著，「我會禱告，求上帝讓妳好起來……」

「主啊，月娘生病，請求主憐憫她，祈求您醫治，祈求您帶領月娘通過這道人生難關，我和月娘必定全力侍奉主……」永和跪在窗前不停地祈禱。

月夜深沉，四周寂靜無聲。永和累得坐在床邊睡著，月娘睜開眼，微微動了一動。他驚醒過來，瞧見月娘醒了，大喜。

「月娘！月娘！妳清醒了，太好了，黃神醫果然厲害！太好了，再喝一碗藥，黃神醫說妳只要醒過來，就再喝一碗，阿快姐幫妳煎好了，正溫著呢，我去拿。」

「永和，不急，我有幾句話想和你說……」

「有什麼天大的事，等妳喝完這藥我再聽妳說，等等。」

「不不不，你先聽我說，我這身子……」

「好好好，妳先說，說完我再去端藥。」

「我知道我大概過不了這關了，我爹來召喚我了……」

「胡說！妳在做夢，沒有的事！黃神醫還說妳有身了，妳要好起來，我們的孩子還沒來這世間啊！」

「我有孩子了……苦命的孩子，永和，真的很對不起你……如果我不纏著你來淡水，說不定孩子還能生下來……他可能要隨我走了。」

「月娘，妳說這些做什麼，我要生氣了，妳會好起來的！我先去端藥。」

永和故意裝生氣，到桌邊端了一碗湯藥過來。

「妳先喝這碗藥。孩子有沒有緣分，我們遵循上帝的旨意，我們還年輕，還會有孩子的，妳放心養病。」

「永和，我走了之後，如果你有空，幫我去看看我娘，讓她不要太傷心。還有，我有一件事一直沒和你說。」她喘了一口氣。

「我認識你的拜把兄弟，陳青，他之前賣小食，就是和我和我娘一起合作的，後來，我嫁入吳家，他也離開南崁了，我一直沒和你提這件事，是因為我擔心你誤會，我以上帝之名起誓，我一直都是你的人，死也是吳家的鬼。」月娘強忍吐意，還是把藥吐了大半出來，劇烈大咳。

「月娘，我當然相信妳，阿青是我兄弟，我當然也相信他，妳先休息，我們以後還可以多聊阿青的事。」

「不不不，讓我說完。」她氣若游絲仍堅持說話。

「永和，這些年謝謝你，你對我很好，我很感激你，這一世能嫁給你已經是莫大福分，我走了以後，你要再娶新人入門……」

「好了好了，不說了不說了，妳都沒力氣了，先休息，好好睡一覺，明天就會大好了。」

月娘順從地閉上眼，她似乎看起來好多了。

然而，這一入睡，月娘再也沒有醒過來。

上帝還是帶走了月娘。

*

月娘急症過世，已經過了半年多。父母不願讓獨生子在疫情重災區待著，那裡才死了個媳婦及無緣的孫兒。眼看疫情愈來愈嚴重，父母讓他以父母生病為由告假離開，返回老家。

吳永和首次經歷生離死別，整個人消瘦一圈，他變得沉默，也不再像以前一般活潑好動，一夕之間從少年變成大人。月娘是剛過門妻子，都還沒給她好日子過，卻香消玉殞了。母親想給他再談親事，都被永和嚴詞拒絕，家裡人也不過分逼迫，讓他好好沉靜一段時間。

吳永和沒在南崁家裡待太久，堅持回淡水繼續協助醫館工作，他沒再回去他與月娘在淡水的家，而是在教會申請了房間。他還沒想好日後要做什麼，只是跟著馬偕牧師與威廉森醫生四處奔波看診，繼續擔任宣教與醫師助手，疫情仍然持續延燒，疫病還未消退。

此時，日本已入台一年，接收台灣的工作尚未順利完成，仍有不少零星動亂，日本人對於這些游擊式攻擊疲於奔命，更麻煩的還有台灣的悶熱酷暑與愈來愈嚴重的疫病，讓日本軍團無法招架，因瘧疾病死的日本人比打仗損失的兵力還多，更別提軍隊裡中重症病患未見痊癒，甚至一再復發。日本軍隊對於武裝抵抗，很難分辨哪些是良民哪些是暴徒，經常引發更多民間的反感與衝突。對此，台灣現任總督乃木希典還曾經提議把這燙手山芋台灣領土賣給外國。

馬偕牧師與幾位教會牧師一起拜會十月才上任不久的乃木總督，乃木總督同時也是主力平定台灣武裝抗日行動的軍團團長，吳永和作為教會執事，陪同牧師們前往，牧師團希望能協助解決教徒的身家性命安全。[2]

「乃木總督，幸會，謝謝閣下願意接見我們。」

「馬偕牧師、宋忠堅（Duncan Ferguson）牧師、河合牧師，歡迎您們來，我們不需要太拘束，請坐。這台灣的天氣真是熱啊，這時間在我故鄉都帶涼意準備入冬了，河合牧師的老家是山形吧，山形估計都下雪了，台灣還是這麼熱，來人，上茶。」乃木希典隨意聊幾句天氣，脫下軍裝外套遞給身旁隨從，他曾留學德國，學習軍事，受過嚴謹軍事訓練，一抬頭一投足都帶著一絲不苟的乾淨簡潔形象，脫下外套後仍是漿燙筆直的軍服。

「是的，我剛來台灣，也是諸多不習慣，我還要向馬偕牧師和宋忠堅牧師多多學習。」今年才到台灣傳教的河合龜輔牧師，先以日語替馬偕牧師翻譯，並回應乃木總督，再把乃木和他的對話翻譯成英語，給其他兩位英語系牧師。馬偕來自加拿大、宋忠堅來自蘇格蘭，河合來自日本，全是為了教徒安全而來。

「這疫病真的讓我困擾許久，比打仗更難對付，對了，宋忠堅牧師怎會來到台北城？」

去年宋忠堅與巴克禮（Thomas Barclay）牧師一起見過乃木希典，當乃木軍團從南部北攻台南，兵臨城下，劉永福棄守台南潛逃廈門，兩位牧師受台南士紳之託，手持英國國旗、唱聖歌，帶著相關議和文件，曾拜見乃木將軍。

乃木軍隊接受議和，兵不血刃進入台南府城。

由於曾與乃木將軍交過手，馬偕邀請宋忠堅牧師北上協助。

「我們知道乃木將軍行事作風，而且我們在疫病上能協助您做更多有效控管及醫治，神愛世人，我們也很願意在這方面協助軍方，只是……」宋忠堅牧師停頓了一下，讓河合牧師翻譯。

「只是什麼？」乃木將軍喝了一口茶。

「我們北部的基督徒不參加反抗日本的戰爭，許多人都是愛好和平的，就如同台北城及台南府城，只要平安，生存獲得保障，人民是順從的，但還是有很多教徒受到威脅與迫害，部分日軍不明就裡不給平民表示友善及抗辯的機會，許多散落各地區的基督徒感到不安和害怕，紛紛向我們求助，我們這次前來拜訪，希望將軍能幫幫我們。」馬偕非常沉痛地表示。

「居然有這種事！」乃木聽了隨從的通譯官正式翻譯，大感意外，他叫來了幾個幕僚軍官，簡潔地下了幾個命令。幕僚軍官回敬軍禮，便離開大廳處理軍令。

「我已經交待下去，只要是友善的基督徒，日軍一定會保護他們。我會盡力保護你和你們的教會，剛剛已讓屬下製作一百張『基督教良民證』[3]，直接蓋總督印信，你們就拿去分發給各教會及需要的教徒，不夠的話隨時通知我。」乃木伸出雙手向馬偕表達承諾。

「實在太感謝了，乃木將軍，我們代表基督徒萬分感謝您。」馬偕一行人如釋重負，向乃木表達感謝之意，馬偕同時邀請乃木總督有空到淡水參觀他的收藏品。乃木有意結交馬偕，他深知教會在台灣已深耕數十年，馬偕更是在台灣上天下地四處宣教，不少洋行與士紳都是基督徒，是需拉攏的一方勢力。

吳永和拿著這一百張良民證，趕緊分送給各教會，他專程送良民證，一路從八里、五股分送到南崁教會。這最高等級的良民證緊緊張貼在教堂大門最明顯的地方，顯現教會是安全的所在。他想起已死於日本人手裡的坑仔林家幾個玩伴，連林為恩夫子也死了，終究感嘆造化弄人。

日本人花了一年多的時間，逐漸平定全台灣武裝動亂，日本政府宣示不再追究抗爭的對錯，只要人民卸除武裝，回歸日常，一切照舊，對商人來說，靜待局勢變化是最重要的，保全家族生存是第一要緊事。

一天，幾位學友見他仍鬱鬱寡歡，便拉著他去大稻埕走走，興奮說著大稻埕開了家喫茶店，賣咖啡和蛋糕，要帶他去嚐嚐鮮。同學為他引見了幾位居住在大稻埕的朋友，他們去日本遊歷了一圈，不少台北城子弟與官方關係良好，正準備到東京讀書。

他們說起赴日過程，吳永和一聽有點心動，去日本遊歷一番也好，自己還年輕，也明白不能再這麼下去，總是要找點事做。

父母親巴不得他換個環境，聽得吳永和想去東京走走看看，二話不說自然同意，並為他聯絡妥當在東京的故交朋友，毫不吝惜給吳永和帶了豐盛盤纏，打點好長途旅行的一切。

他從基隆上了船，一行海路到達橫濱。

永和在日本看到了許多現代化人事物，女性身著剪裁合身的洋裝也能外出工作，電燈雖然大稻埕也有，但沒想到這麼長的一條大街道居然在夜晚如此光亮，他四處考察時時驚嘆，悲傷的情緒沖淡不少。

在得知從小讀書優秀的族弟吳逢春[4]考進了台北醫事學校後，他收拾低落心情，重拾書本認真讀書，考進預備校學習日文，取得高級中學同等學力，三年後進入私立日本醫學校就讀，為讀書與日後在日本行醫方便，他另取了一個日本姓氏[5]，叫望月，紀念他的第一位妻子。

註釋

1. 鼠疫、霍亂、瘧疾是清末日治初期相當嚴重的傳染病，致死率相當高，根據官方數字，鼠疫在一八九七年至一九〇一年登記在案的病患超過萬人，死亡人數近八千人。日軍接收台灣時被各種瘟疫所困，因病死傷人數甚至比因戰受傷致死的人數高出甚多，就連北白川宮能久親王亦於一八九五年死於霍亂（亦有瘧疾說法）。

2. 馬偕一八九三年離開淡水回國，牛津學堂暫停辦學，一八九六年馬偕回台，隨即與乃木會談，故設定吳永和一八九三年完成學業，之後三年擔任教會宣教及醫館助手，直到離開台灣到日本求學。然吳永和本人為虛構人物，讀者無需較真。

3. 良民證是否有蓋最高長官關防，尚未查到相關文獻，此處僅表示乃木總督與馬偕會談的友好與誠意，一百張證明亦為虛構，以教會大略數量為依據。

4. 吳逢春確有其人，是吳添友第二子，台北醫事學校畢業後，回到家鄉創立「逢春醫館」，是南崁第一間西式醫院。

5. 一九三七年至一九四五年日本推行「皇民化運動」，要求殖民地人民同化，其中一項要求即為改姓，例如姓林，可改為小林；姓吳改為矢口；前總統李登輝便曾名為「岩里政男」，本文中吳永和在日定居改姓「望月」即為呼應當時政策，同時定居日本國內或許能更易居。吳永和（後改名望月永和）是虛構人物，僅為巧妙呼應後代望月家的現代主角望月清，純為設計成一個巧合，文中不預設望月清知道其曾祖父是吳永和，僅知有十六分之一的台灣血統。

22 何月瑜與小林和越

月瑜在辦公室閉眼假寐，不自覺睡著了，她看見夢裡的她也在沉睡，身著古代服飾、長得有點像小林和越的男人在她床邊祈禱，她想細看那個男人的神情、夢裡發生什麼事，卻被同事小琪輕輕的敲門聲喚醒。

「月瑜姐，待會五點鐘，義大利視訊會議，討論作品交流進度，我在會議室把機器架好了，雙方隨時可以連線。」

「好，我去補個妝，隨後就來。」

疫情初期，義大利疫情嚴重，雙方連上線，月瑜先關心對方與對方聊了許多疫情現況，義大利人果然無心工作，只是不停抱怨政府作為，月瑜也只能安慰對方，建議對方非必要先不出門，再多觀察一陣再說。義大利人長噓短嘆後，傳來一份展品資料，說明清單上可借與不可借項目，並註明借展費與權利金。

月瑜略略翻看清單，心裡有個底，眉頭微微一皺，回應道權利金看起來似乎有點多，她也不直接點破，便回應會仔細研究後，再回信給對方。

外國人總以為台灣人很有錢，每次都獅子大開口，她還是以雙方互惠互展為主要考量，思索一陣，與同事小琪、怡興一起討論了一份館藏建議清單給對方，月瑜有信心，老外對其中幾件想必會非常喜歡，清單中全是購自全世界各地拍賣公司的名家珍品，那可是許多年未見的藏家壓箱寶。

老闆是世界級富豪，早年極愛收藏藝術作品，發達後每年更是透過基金會在各大藝術拍賣會蒐購珍品，二十年的時間庫房已經積滿大量作品，卻無人好好整理或展示，每次都是突然想起來某件作品，才讓秘書去翻找，掛在重要空間裡。如果忘記了，那件作品可能也就繼續在儲藏室裡不見天日。月瑜第一次進到這百坪庫房時，簡直有誤入藏寶窟的錯覺，隨手一個卷軸可能是張大千作品、那裡不起眼的一捲塑膠套，打開赫然是畢卡索手稿！

月瑜不敢怠慢這些珍藏，找時間仔細向老闆說明，並備妥一套典藏計畫簡報，希望能好好整理所有收藏品。這次大老闆找月瑜就是終於有心思畫塊地皮蓋美術館，不管是建築、典藏或展示，全部交給月瑜負責，預算無上限，既然是藏寶窟，自是必須盡善盡美。

小琪和怡興跟著月瑜工作數年，月瑜去哪他們就跟著，三人一團隊，是合作多年的好夥伴，這次簽了這個五年約，月瑜一問他們兩人跟不跟。要跟，當然跟，月瑜人脈廣，在業界頗有知名度，跟著月瑜做事能學到許多，以往一些共事夥伴若想穩定下來，也能被留下來擔任主管職，遇到好主管就是貴人，亦師亦友。

三人討論一會展品整理進度，建立藏品清單就像人口普查一樣，費時費力，又必須做，這是一個美術館的基本，月瑜不惜重金禮聘的美術系教授與學生助理團隊，花費大半年時間完成一次全規模藏品紀錄，重新擬定一份保存計畫。展品保存不佳的，趕快請修復師來修復處理，展品維護同樣是美術館基本工作，這件事一直是小琪在主導進度，總算差不多告個段落。怡興的主要工作則是與建築團隊溝通展示空間的需求，這件事還好是熱愛旅行、本科又是唸博物館學的怡興來負責，他留學時期以一年多時間走遍歐洲每一個大小展館，能負責這件事正是人盡其才。

「我們一直未有數位藝術作品展間的規畫，包括電力及空間運用，時代在進步，藝術形式也前進著，科技藝術會是未來十年、二十年，甚至更久之後重要的作品型態。上次遇到同業連和科技鍾總監，他和我說他們上次辦藝術科技展時在場地上的困難，我想我們也得好好深思他人經驗才行。」

「好的，那這樣，我們分別收集相關資訊，下次會議再好好討論？我也可以問問荷蘭的朋友。」怡興提議。

「好，我們各自用功，下回討論。天都黑了，下班下班。」夏天天黑得晚，七點多的天色僅剩些許餘暉。

「男朋友來接嗎？月瑜姐。」小琪笑問。

「哪來的男朋友？我什麼時候有男朋友了？我的時間都奉獻給工作了，你們不是最清楚。」

「就那個帥帥的機長啊！」小琪看過小林和越一次，他送月瑜來上班。

「人家只是朋友，是鄰居，那天我的車被室友開走了，剛好遇到他，順路一程而已，別亂講。」

「哎喲，近水樓台嘛！」小琪覺得兩人有戲，逮到機會便要助攻一下。

「還說我，你們兩個若是想送作堆，我不反對辦公室戀情。」

「哈，月瑜姐，怡興不是早早和我們出櫃了嗎？還不死心啊！」

「現在疫情這麼嚴重，怡興也無法出國和男友相會，很可憐啊！」

「怎麼說到我身上了？小林機長很帥，若不是我死會了，說不定會考慮當月瑜姐的情敵喔。」怡興是秀氣斯文的書卷感男子，文青女生會喜歡的類型，若非他主動承認，是完全看不出的。那年他和月瑜及小琪出差到荷蘭，意外被她們發現了男友的存在，怡興倒也坦誠不諱，Alex 人在荷蘭，原本每年都能見上三、四次，今年卻一次也無。

「你心機好重啊。」月瑜和小琪睜大眼。

「你們在他面前別開這個玩笑，讓我們順其自然啊！」月瑜開自己玩笑。

月瑜脫下高跟鞋，塞進辦公桌下的鞋盒，再換上運動鞋，把身上套裝換成運動服，電腦塞進運動雙肩包，紮起身後長髮，換個裝扮，和同事們一起離開辦公室。偶爾晚上不需要加班工作的時候，她會選擇從辦公室以步行與騎自行車的方式回住所，那是一趟十來公里的路程，

疫情關係連健身房也不能去了，外出都得戴上口罩，跑步讓她喘不過氣，步行和騎自行

車倒還能維持基本運動量。夏夜晚風徐徐，她騎車穿越青塘園，在高鐵站旁還車，算準時間搭乘機場捷運普通車，很快抵達山鼻站。山鼻站斜前方有棟古蹟叫德馨堂，閩南磚造建築，一八八九年開始興建，是三級古蹟，聽說最近還申請政府補助正重新修建，她很期待看到這棟建築能早日修好，歷史文化是地方的根。

她沿著新鋪設的馬路走到桃林鐵路步道，夜晚散步消食的人群三三兩兩，她戴上耳機，播放天際樂團的專輯。再三十分鐘就能到家，只要三公里。

她喜歡在走路時思考，自從搬到南崁後，她從小林和越那裡知道這條路，相當喜歡這步道，時間充裕時還會繞到外社多走上一大圈，再回到鐵路步道，那裡稱為坑子社區，聽悅荷說那是一個開發甚早的區域，幾百年前還有坑仔社的平埔族原住民住那裡，這裡雖有些工廠，也還有大片農田。悅荷有天帶一包米回家，說是朋友林雅嫺的家族所耕種，是在地農夫的有機耕種，農夫的家族在這裡從事農耕已有一、兩百年，取名為「天賜米」，應該就是在這塊土地耕種出來的。

有時走在坑仔與南崁之間，不知不覺會出了神，思緒天馬行空蔓延。

「咦，月瑜？這麼巧！」

「啊，林君，今天休假啊！」月瑜冷不防一抬頭，看見小林和越一身運動衣打扮，臉上掛著口罩，汗水直落。

「對啊，明天長班，去維也納，一來一回加上隔離，又是大半個月出不了門，趁今日自

由，趕緊運動。」
「真是辛苦了啊，維也納那邊，聽說疫情很緊張，很不妙的樣子。」
「是的，聽同事說，歐洲的狀況很不樂觀，機場仍是人滿為患，也沒聽說有什麼防護措施，我們也只好自求多福了。」
「酒精和口罩一定要帶夠裝滿，酒精還夠嗎？前幾天我搶到一瓶大包裝的，夠用好幾個月，你要不要來我家裝一點？」
「我正在苦惱酒精不夠，先謝了，晚一點過去按門鈴，我再去跑幾圈。」
「好，九點後再來喔。」
「嗯，沒問題，待會見。」
月瑜回到家後，進了浴室洗去一身汗水，覺得舒爽許多，她把悅荷準備的晚餐送進微波爐加熱，一眼瞧見悅荷的朋友雅嫻送來的小農蔬果箱，她挑揀芭樂、鳳梨、桃子和香蕉，洗洗切切分裝兩個盒子，打算一盒給小林和越帶走。
她拿出那大瓶四公升裝的酒精，先倒了一瓶五百毫升瓶裝，再拿出兩個新的鋁製小瓶隨身罐，裝些酒精，讓他隨身攜帶。
門鈴響了，她起身開門，招呼小林和越進屋。
小林猶豫一下，脫了鞋，隨著月瑜進屋，雖然他很常來月瑜的家，不過多半是悅荷也在的時候，他知道今天悅荷晚上有工作，亞岳多半會去接她下班，那他一個男人進到單身女子公寓，會不會有點不妥？他微微皺眉，又暗自嘲笑自己想太多，是好朋友，未來或許會是女朋友，應該沒什麼關係吧。

月瑜自然不知他內心戲正隔空交戰，她坐回餐桌繼續倒酒精進小瓶子裡。

「等一下啊，我快倒好了，手會抖呢，一直溢出來。」

「不然我來吧。」小林和越主動伸手去接小瓶子，不小心碰觸到月瑜的手，她的手有點濕冷，肌膚碰觸冰冷酒精看起來有些蒼白，彎月胎記隱隱浮現，他突然有點感動。

「啊，對不起，也謝謝妳。」

「怎麼了，今天又是對不起又是謝謝的，發生什麼事？」

「沒有，沒事，只是覺得常常麻煩妳，受妳照顧，突然覺得很感謝。」

「哈哈，還好吧，又是朋友又是鄰居的，你不是也常照顧我和悅荷，今天怎麼那麼感性啦？」

「有嗎？我一直是這樣啊。」他注視著月瑜，她素顏未上妝，身著居家休閒打扮，她專注的神情，讓他微微一動。

「月瑜，妳願意和我交往嗎？」小林和越突然冒出這句話，讓月瑜手上的酒精不小心漏出瓶外。

「啊！」月瑜轉頭看著小林和越，這種家居氛圍、這種半夜未深的時刻，突然被表白，月瑜不禁愣住了。

「小林君，你的意思是想追我嗎？」

「是，可能我平日沒有表現得特別明顯……」

「真的嚇我一跳，怎麼這麼突然……」

「其實我們最早第一次見面望月清安排演唱會位子時，他就有這個想法，想介紹我們認識交往，只是怕我和妳會排斥，所以也沒說。」

「喔，是這樣，那你怎麼想呢？」

「我也覺得妳挺好的，至少比我接觸的同事們都好。」

「就這樣？」

「嗯，就這樣，我們可以慢慢交往培養……」

「既然你都這麼說了，我想問你一件事。」

「妳說。」

「你喜歡望月清，對吧。」

這句話來得猛烈，月瑜輕輕笑了笑，他看小林一瞬即逝的表情，便知道猜得八九不離十。

「妳怎麼會這樣說？望月清一直是我的好朋友，我們沒什麼……更何況，清醬現在正和妳室友交往中，妳怎會這麼說？」小林瞬間回過神，反駁回應。

「這樣啊，或許是我多想了。」

「月瑜，妳不要多想，沒有那樣的事，妳多心了，我和望月都是男的，我們不可能會在一起，就是一起長大的同學而已。月瑜，妳是我第一個心動的女生。我喜歡清醬的喜歡，和對待妳的喜歡，是不一樣的。」

「男的又如何，在台灣已經可以合法同性結婚了。小林君，我不討厭你，我其實對你也有點心動，但我約略清楚望月清在你心裡的分量，比你自己想像的還要重許多，不管你承不承認。」

她嘆了口氣，「我也喜歡望月清，但只限於偶像的喜歡，你呢，分得清你的喜歡是哪一種喜歡嗎？」

「你願意給我機會證明嗎？」小林望著月瑜。

「我們也不過認識幾個月，你只是想要藉我這個人轉移自己的情感，如果真是這樣，我覺得會有點委屈喔。」月瑜笑了笑。

「雖然我不認同你說的，但是，的確，我們認識的時間不夠長，如果妳不反對，我還是想在交往的前提下追求妳。」

她沉思許久，理性抬頭。「我們還是先當朋友吧，未來或許很難說。」

「我會努力，但真的不是你想的那樣，給我時間，我不管他和悅荷如何，那是他自己的事。」小林和越有些難以招架，長久以來他逃避整理的情感就這樣毫無預期被打開，他又怎能承認連自己都搞不清楚的糾葛。

「今天真的對不起，我不應該一時激動就說要交往，請原諒我實在太冒昧了，再給我一點時間。」

「沒什麼需要道歉的，其實我也很高興你有一點喜歡我喔，我們是朋友，歡迎你隨時來和我分享你的小秘密，你也別覺得尷尬，我很樂意當好朋友的垃圾桶的。」

「嗯，好，那妳可不可以先答應我，叫我的名字？」

「好，和越。」月瑜順從地喊了一聲，遞過剛切好的水果密封盒，「帶回去吃吧，悅荷買了好幾箱小農蔬果，你老是外食，營養不均衡，給你補一下維生素 ABC。」

23 陳青與李靜荷

阿青被陽光刺得睜開眼，覆蓋在身上的薄被滑到地上，他連忙撈起被子，頭疼欲裂，心裡暗道不妙，昨天喝多了。他四處張望，是靜荷姐仔家小院，她家裡的雞鴨正四處走動覓食，後方灶間升起縷縷炊煙，陣陣飯菜香味撲鼻。

「阿青，你醒了，昨天真失禮，家裡也沒地方讓你休息，又叫不醒你，只好委屈你在外頭睡了一晚，去洗把臉，在井邊有小桶和毛巾，還有茶放桌上，等一下就可以吃早飯。」

「靜荷姐仔，昨暝是我卡歹勢，閣來攪擾妳。」

「無要緊，快去，今天是不是還有工作要辦，吃一吃趕快去，工作完再來吃晚餐，你昨天帶來的三層肉，我們晚上一起和孩子們把它吃掉。」靜荷聽到阿青喊她靜荷姐，不由得微微臉紅，她裝作沒聽出差別。

「好，晚上等我回來，我想吃姐仔的客家小炒。」他看到靜荷微笑點頭，心頭一陣欣喜。

阿青前腳踏出靜荷姐家門，隔壁阿春姐對阿青招了手。

「阿青，你昨天睡在阿旺嫂家？」

「是在她家，但沒進家門，在外院睡了一晚，昨天我不知節制，酒喝多了，叫不醒，阿春姐妳別亂講。」

「你從人家家門出來，別人要是看見了，哪知道你在房裡還是在外院，傳出去就難聽了，還好是我看到，我和阿旺嫂是好姐妹，不會黑白講。是說你三天兩頭就往阿旺嫂家去，是不是對人家有意思？」

「阿春姐，妳不要亂講，妳還亂說，我以後不帶大稻埕的東西送妳了。」

「阿青你不要不好意思，阿春姐看得出來，你佮意伊，對不對？」

「我……」

「這樣，你要是有這個意思，我來去和伊講，你一個大男人進進出出女人家裡也不太好，雖然叫伊阿旺嫂，其實她根本還沒和阿旺成親，她是阿旺母親的義女，是靜荷自己死心眼，自己認定是阿旺的媳婦，幾年前阿旺娘過世，她更可以正大光明嫁人，其實也不算改嫁，我之前和她提過幾門親，她都不肯，看你和伊相處還不錯，說不定這次有機會。怎樣，要不要拜託阿春姐？」

「真的可以嗎？這樣就拜託阿春姐，我真正是喜歡靜荷姐的。」阿青用力點了點頭，眼神多了份期盼。

「你看你看，連伊的閨名都知道了，這件代誌絕對有影，你放心，我來去講，媒人紅包你要準備妥當！」阿春喜孜孜拍拍阿青肩頭，扭頭回屋裡去。

這件事阿春果然使上了媒人婆三寸不爛之舌，阿旺嫂不像以前那樣沒等阿春講完就直接拒絕，她聽著阿春從頭說到尾。

「我講到嘴乾，喜妹仔，給阿春姨倒杯茶。」她轉頭叫其中一個阿旺嫂認養的小女兒，都是厝邊，大家都熟識，喜妹仔乖巧地到後間拿茶壺煮開了水，給阿春倒滿一杯茶。

「喜妹仔，多謝妳，妳有乖巧，阿春姨佮意妳，要不要去我家當媳婦仔？我會像女兒一樣疼妳，我家阿財也很喜歡妳啊。」阿春眉開眼笑看喜妹跑掉，愈看愈喜歡。心想，這件事說不定能成，她回過頭來繼續遊說。

「我講靜荷啊，阿旺也死了那麼多年了，你當年沒真的嫁成，又奉養老母送終，已經仁至義盡，街坊誰聽了都替妳可惜。你看阿青這個人，沒父沒母，你沒婆婆是天大的好事，他的人又勤快實在，雖然和羅漢腳差不多，不過，我確信阿青一定有前途，大稻埕李大當家、茶行李老闆都很賞識他，再過幾年讓他掌管一、兩間店面是很有可能喔，李老闆不是三不五時讓他送你吃的用的，就是已經把妳當作自己人。這種丈夫哪裡找啊？要不是我沒這麼大的查某囝仔，我還想收了他當自家女婿咧。」

「阿春姐仔，多謝妳費心，這件代誌我再想想看，阿青就是太好，我不夠格。」靜荷低頭說，她已不像前幾次說媒那樣沒得商量，卻也突破不了心防。

「好，我今天來也沒打算妳一下子就會答應，妳再考慮看看。今年妳也二十七、八了，是比阿青大幾歲，那沒要緊，某大姐大富貴嘛，是不是？妳想看看，女人家二十幾還有人要，一過三十就老姑婆了，沒得挑了，你看街尾的阿滿嫂，三十幾拖兩個仔，只能嫁給四、五十的人，伊無法度，沒嫁人沒得活下去。你看，現在如意郎君在這裡，妳老實講有一點心動對不對，不然不會把自己的名字和他說是不是？好好想一想，阿旺絕對不會願意妳替他守寡的。」

阿春看了看日頭，「我要回去做代誌了，先回去了啊。」

靜荷一直想著這件事，她照常去茶園採茶、回家煮飯、菜園工作、整理家務、照顧三個孩子，這次阿青過半個多月才來，她還想，阿青是不是被阿春逼急，不敢來，說不定說媒這件事是阿春姐的一廂情願也說不定。

她一踏進前院，便看見阿青正指導五個孩子認字和算數，三個是自家的，兩個是隔壁阿春嫂的阿財和阿添，六個人嘻嘻哈哈，一派和樂。她放寬心，阿青來了，給阿青打了招呼，轉身進灶間，手上籃子是剛剛去菜園摘採的青蔬，她看見桌子擺放兩條剛洗切好的魚、三根已經剁成小塊的豬肋骨，就知道阿青又來給她家加菜了。

「靜荷姐仔，那魚和排骨是東家叫我帶來的，他去收租時農家塞給他的，他嫌麻煩不想帶回大稻埕，讓我帶來給孩子們加菜……喜妹你問這字啊，這個字是稻、這個字是茶……」阿青略提高聲音向灶間喊話，一邊教囝仔識字。

「真的很感謝李老闆，有好東西都先想到我們，一定要替我謝謝他。」她的回話從灶間傳出來給阿青。

阿青已經不再叫阿旺嫂，張口就是靜荷姐仔，她趕小孩上床睡覺，自己拿了棉衣縫製著，不時還比劃阿青的身材。

「靜荷姐，妳這是要做給我？」阿青睜大眼睛。

「對啊，快要入冬，你又常上山，我沒看到你穿什麼比較厚的衣服，前兩天去剪幾塊布，每人一人一件外衣，小孩子每人都有，你也有。」

「阿姐仔，謝謝你，我真感動，已經有二十年沒有人給我做衣服了……」

「就一件衣服而已，幹嘛這麼感動，你也常照顧我們一家。」

「靜荷姐，我……」阿青突然緊張了起來，欲言又止。

「嗯？」她專心縫衣，沒抬頭。

「阿春姐……有和妳說嗎？我……」

「有喔。」

「那，妳的意思是……」阿青著急了起來。

「阿青，你其實不認識我，我講我的事給你聽，你再好好考慮，我這款查某人配不上你。」

靜荷把她從小在親戚間被轉賣、賣去查某間、後來投河自殺、被阿旺所救、女扮男裝、上山經歷對抗清兵、阿旺抗日身死、與阿旺私訂終身、回到大嵙崁奉養阿旺母親的事，一五一十全講給阿青聽。阿青聽得一愣一愣，他沒想到靜荷姐仔竟然有這般戲劇化的前半生。

「你不要現在急著和我說什麼，你回去再想想，我真的是配不上你，沒有你想像的那麼好。」

「靜荷姐，我……」他急著開口，卻不知要怎麼說。

「來，試試衣服，這領口是不是寬了點，我再修一下。桌上有土樣仔，我切好了，隔壁阿春姐拿來的，是南部親戚送的，很甜，你去吃。」靜荷心平氣和，好像只是講一段別人的故事，若無其事地換了話題。

24 于悅荷

「台灣的芒果，真是好吃啊，吃多少都覺得美味，真好呷。」一位銀髮蒼蒼的老婦人日語夾雜台語，以優雅的口吻稱讚著悅荷帶來的水果切盤，台灣芒果鮮嫩多汁甜分高，一向是夏季最受歡迎的熱帶水果。

「表姑婆，妳喜歡就多吃點，日本的芒果貴死啦，台灣便宜又好吃。」悅荷又遞了一塊過去。

「我小時候，快八十年前的事了，有時吃到阿公帶回來的土樣仔開心得不得了，他會說，那是他的老闆獎賞他的禮物，帶回來分給家人吃，以前都是小小粒，酸味比較重，哪像現在台灣農業這麼發達，種出那麼多款又甜又香的芒果。」表姑婆輕輕嚥下一口小塊芒果，微微一笑，似乎記起那久遠的時光。

「表姑婆的阿公，那是一百多年前的人了吧，他是什麼樣子的人呢？」

「那是好久好久以前的事啦，想聽嗎？」

「我想聽，我學台灣史的，先祖的故事很想知道也想記錄下來，以後也可以改編成故事，講給小朋友聽。」

「按呢好，我也趁著還有記憶時把記得的事講一講，這次回台灣，大概也是我人生最後一次了，哎，很懷念小時候的事啊。」

「表姑婆，讓我錄音和記錄喔。」

「其實，我母親是被領養的，她很小很小的時候，住在大嵙崁，也就是現在的大溪，那時清朝官兵在大溪的深山裡和原住民打仗，沒過多久平民又和日本人對抗，原生父母死在戰役中。我母親說，那時她很小，三、四歲不到，也不知道怎麼回事，父母就不見了，只記得自己的名字，叫喜妹。」

「喜妹，聽起來像客家人會取的名字。」

「應該是，那一帶是客家人聚居的地方，後來，父母怎麼找也找不到，她又實在太小，只會哭，就被阿婆領養了，她有一個阿兄、一個小弟，全都是戰亂時父母雙亡的孤兒。」

「阿婆是有錢人嗎？居然一口氣可以領養三個人！心腸真好！」

「不，她是個寡婦，平時去茶園採茶工作，她丈夫也是死於動亂。」

「咦，那您的阿公是……」

「阿婆和阿公是採茶的時候認識的，聽說是有一次阿婆救了差點被發狂的牛踢死的阿公。阿公常去拜訪阿婆，也很照顧母親他們，還教他們識字，後來日久生情，兩個人就結婚了，阿公人很好，對我母親和兩個舅舅視如己出，他們沒有生自己的孩子。」

「阿公也是孤兒，少年時四處流浪做小生意，後來受大老闆賞識，教他學問，重用他，之後在大溪的生意都交給他打理，我們的家境才變得好些。」

「後來，我母親大了些，與阿婆最好的姐妹也是隔壁鄰居，互相交換了媳婦仔，我母親嫁到隔壁，隔壁也有一個女孩嫁給大舅舅，不過因為他們本來就是鄰居也沒什麼差別，只是住的房間換了而已，大家還是都一起生活的，所以，有好東西兩家都會一起共享。」

「這樣真的很好，認識的人互相知己知彼，放心把孩子交給信任的人。我看過一些文獻資料，有些媳婦仔很可憐的，有時下場都很慘。」

「是啊，阿婆就是這樣，她年幼時被惡親戚賣掉，據說很慘，她臉上還有傷，阿婆也不怎麼講這件事，她輾轉逃了出來，被她先前的丈夫所救，那個丈夫是平埔族和漢族血統，好像母親那邊還有泰雅族血統，她嫁給他，也算有了新身分。那時剛好日本人正進來統治台灣，我還很有印象，有些野孩子還會喊她番仔，她的身分證明文件上還有個『熟』字，其實，她不是，只是名義上嫁給平埔番，為了隱瞞身分，就這樣將錯就錯。」

「原來如此，好曲折的人生故事，古時候的人真辛苦，還好有這位阿婆，不然表姑婆的母親會流落何方，真的不知道。」

「真的是這樣，如果不是這樣一代一代傳承下來，哪裡還會有我和妳這樣的對話，所以一探知妳的下落，我就不願意妳離開了，一想到妳也是家人啊，妳不會怪表姑婆太強勢吧？」

「當然不會，我很感謝表姑婆在我父母過世之後找到我，給我很多幫忙，很感謝，讓我知道我還不是一個人。」悅荷溫柔對表姑婆微笑，眼中滿溢真誠的感激。

「還好妳問了，不然這些記憶大概也要進我的墳墓裡了。」

「不會的，我會好好記錄起來，作為家族的回憶。那麼表姑婆怎麼又會去了日本呢？」

「我父親很會讀書，家裡也很支持他繼續讀書，阿公也支持他，那時我很小，才兩、三歲，家裡長輩不忍心讓父母和我一家三口分離，阿公出了錢，供我父親去日本求學，也出生活費讓我母親和我可以一起去。」她喝了口茶，閉上眼睛，思緒飄回幼小時代。

悅荷不敢打斷表姑婆的思緒，安靜地看著她，幾分鐘後，發現表姑婆睡著了，老人家講太多話，有點累了。

她輕輕為老人家蓋上薄被，讓她在舒適柔軟的大沙發上安睡，自己回想記錄著剛剛的故事，有些熟悉親切的古老記憶在腦海裡翻騰。

*

表姑婆同意悅荷暫時不回日本，她要求悅荷的日文課必須繼續，每天至少要有八小時在日文環境下學習，她為悅荷找了日語學習機構，全方位替姪孫女打造私人學習環境與課程，悅荷滿懷感激接受了，並告訴老人家會常常回東京看她。

她們婆孫倆談著未來，悅荷說自己是文科出身，對商業的世界不熟悉，她不認為她有辦法可以承接老人家的事業。她建議表姑婆建置完善的專業經理人制度，由專業者負責經營與永續發展，可能會比她這個外行半吊子要好得多。

表姑婆點點頭，不勉強悅荷。未來的規畫談畢，換談感情私事，表姑婆不愧是女強人，三言兩語就指出她與望月清的狀況與盲點，她不下指導棋，只聽悅荷自己說。

「表姑婆，謝謝妳，我想，我和望月清之間，就讓時間和空間來證明吧，順其自然好了。」

「你們年輕人有自己的想法，表姑婆年紀大了，不會干涉妳，只是要好好想清楚。」

「好的，我明白。」

過了幾天，表姑婆和望月清，分別離開了台灣。事緩則圓，以後的事，再說吧。

25 尾聲

二〇二〇年開始蔓延全世界的嚴重特殊傳染性肺炎（COVID-19），一年多時間全世界已死亡五百多萬人，兩億多人感染，是本世紀黑死病。人們不能隨意移動，嚴重時各國各城市鎖國鎖城，試圖讓傳播速度緩和下來。

雖然人類大幅度減少移動，貨物商品仍然是必須靠海空運送，那天小林和越從台灣運送了科技產品到西雅圖、再從西雅圖運回來滿滿的華盛頓櫻桃，另一名同時出發的同事則是去澳洲運回紐澳肉品。不載客，貨運承載量仍是高居不下，聽同事們耳語相傳，運費甚至已經高至兩至三倍。全世界的航空公司有貨運能力的還能在這波疫情中站穩腳步，若是以乘客為主要業務的機隊，那真是等著裁員倒閉了。

許多飛行員來台灣找工作，在疫情之前，若能跳槽到歐美或大陸福利好的航空公司工作，那薪水說出來讓人眼紅不已，一個月扣完各種稅金，還能拿兩三萬美元，許多台籍機師忍不住誘惑去中國賺美金。如今風水輪流轉，有工作就好，降級或只簽兩、三年工作都行。那天與小林和越一起飛行的同事中，竟有從中東知名的航空公司轉來的，那家公司的乘客以高級商務人士居多，薪水福利都是世界有名，現在因為疫情也不得不裁員因應，而且還自願降級，不當正機師，有位置坐，屈居副手也行，這件事讓許多同事嘖嘖稱奇。包括小林和越自己都是外籍機師，他還有不少同事都是離家萬里的外籍人士，他們苦笑說現在大概只有台灣還缺人，薪水少一點沒關係，至少要撐過這波疫情。

小林和越在月瑜家拿到酒精，讓他稍稍放寬心，歐美老外不習慣戴口罩，空氣在密閉的各機場海關大廳流動著，誰知道哪個人染上了病毒，又將傳染給哪個人？外國人把這波病毒當成比較厲害的流感病毒，讓機師們膽戰心驚，深怕惡運上身，萬一帶回病毒造成台灣境內破口，還沒被病毒消滅，便先被網路謠言口水淹沒。

他雖是外籍機師，也有幾位交情較好的台灣籍機師同事，常聽到一些傳聞耳語，因為疫情而不得不長期隔離檢疫，使得一些國籍機師的家庭面臨嚴重考驗，他們無法陪伴生病家人、家人在社交圈遭受歧視、生病求助無門；有幾個同事耐不住關，違反規定外出，被查到立刻開除。外籍機師也好不到哪去，前些日子某位法籍同事已經一年多沒回巴黎的家、還有人請了半年的假，再想回來不被續約。對他們外籍人士來說，忍不了就辭職回去，上個月資深前輩齊藤先生決定退休，他還不到六十歲。齊藤先生只是笑說年紀大了，飛行資料記不住，孩子也都大了，他飛得夠久了，決定早點退休陪家人。

小林和越還沒結婚，不常上網，偶爾聽到酸民言論也不甚介意。台灣政府經常有所謂的滾動式修整，許多同事怨聲載道，在無限期隔離與居家檢疫輪迴下，嚴重影響機師身心健康與飛安，但又能如何，疫情當前只能忍受下來，想辦法自我調適，靜待疫情終有結束的一天。

隨著疫情的發展，許多國家做好準備，已逐漸開放邊境，雖然疫病病毒仍流動著，但國際局勢已往著與病毒共存的方向走。

二〇二二年台灣面臨與病毒共存的過渡期，雖然沒有封城、也沒升上警戒三級，卻已在生活圈裡起了翻天覆地的變化，隨著病毒愈來愈容易傳播與輕症化，四月起台灣確診人數也急速升高，甚至死亡人數在高峰期每日上百人，台灣地小人稠，病毒傳染過城是彈指間的事。

對小林和越來說，在台灣他沒有家人，不管要隔離檢疫幾天，都能沉著接受，唯一不太習慣的是無法外出運動，不能出門的日子他安靜看書、研讀工作資訊，規定自己每天都要做一百下伏地起身，還買了一台跑步機，放在客廳落地窗前，他喜歡一邊看著遠方風景一邊跑步；能出門的日子，他跑十公里、騎著亞岳為他訂購的機車，在濱海快速公路上兜風奔馳。

亞岳也是貨運業，疫情期間工作量增加數倍，他仍擠出時間規劃修理店，小林和越是大股東、亞岳是小股東專任黑手師傅，悅荷也是小股東專任營運管理、月瑜也插一腳認了小股，負責行銷規畫，四個人，一點一滴地把未來的藍圖逐漸打造成型。

月瑜、和越和亞岳在疫情中的工作量沒有減少，和越與亞岳的工作量相對之下更是吃重，小林和越經常需要隔離檢疫，連工作室現場都無法去，他乾脆先在自己的同事友人圈，開起同好群組，他拉了亞岳入群組，兩人以英文分享機車新知。真是無心插柳，小林和越的同事無法擁有常態的社交生活，倒是花得起錢買車，工作室還在籌備期便已經接了五筆訂單。

亞岳從各種管道買到幾輛被放棄修理即將報廢的車子，他巧手整理這些車子，在世界各地搜尋早已停產的零件與配件，大半年下來不斷測試與調整，修復好幾輛經典款。這幾輛車子從報廢狀態到修復完成的過程，都讓悅荷仔細記錄下來，並以圖文並茂的方式在網路上公開分享，此舉為修理店又增添了大批粉絲，他們預約時間與車種，租幾個小時車，躍躍欲試這些難得有機會能騎到的車款。

悅荷常去的繪本館不敵嚴峻的疫情，在來店的小朋友大量銳減、書籍銷售又無法與網路折扣競爭的情況下結束營業了，雖然不捨也無可奈何，悅荷停了講故事的工作倒是可以專心做修理店的籌備。小林和越是大股東，他沒想到生意一下子被接進來需要更多的資金。悅荷一通電話撥給表姑婆，並準備好圖文並茂的創業企畫書，說明疫情影響下這行業的前景。表姑婆年紀雖大，思想倒是相當開明，她大手一揮，以悅荷名義爽快投資了一筆大資金，並協助悅荷洽談車輛進口事宜。

這個工作室，取名為「越月岳悅」，依他們四個人的名字中取一字、並依年紀大小排列，四個字有點拗口，取了簡稱叫「四個月」，英文是April Studio。同時，大家也贊同悅荷在營運企畫書所提的，在工作室內打造一個閱讀空間，從小朋友愛的交通工具繪本，到女孩子喜愛的相關配件、交通工具雜誌，只要是會員，全部可以免費現場閱讀或借閱，每年會員還有一定額度，可以免費喝各種飲品及購買書籍，每週六、日亦有雅嫺主辦的小農市集，不騎車也能來逛逛走走，企圖打造一個文青質感的重機空間。

創業籌備勢如破竹進展中，大出他們意料之外，亞岳決定辭掉貨運工作，全心投入工作室，而悅荷也全心投入，倒是把她和望月清的戀情看淡不少，一切也符合她的想法，順其自然就好。

身處旅遊業，望月清的公司在疫情肆虐狀態下裁員不少人，他雖沒有被裁員，但也配合公司政策申請半年的留職停薪，他終於有大把空閒時間可以寫歌練琴，全力準備今年度的富士音樂節，去年沒有入選，今年必須再接再厲。他除了全力在音樂上外，也抽空再度到台灣旅行，他住進小林和越的房子，代替小林和越行使工作室股東的職責。

亞岳終於認識了悅荷的男友，望月清的人格魅力所向無敵，相處沒多久也和亞岳變成好朋友。望月清建議所有股東在工作室空間再增加一些音樂元素，文青、搖滾、重機，一向讓人醉心。

「這實在太棒！清醬！我們沒想到！」小林和越在線上會議中大聲稱讚，他人在阿姆斯特丹，剛進旅館房間便趕緊開電腦加入在台灣的四人會議。

「這主意很棒，只有音樂人才想得到！」悅荷冒著小雨衝進修理店，剛剛一陣超大午後雷陣雨，讓部分路段積水大塞車，還好大雨只是急降一陣子。

「現在是疫情期間，等緩和些，我們來開個小型音樂會，這絕對有助於工作室業績。」望月清在亞岳身邊，他戴著耳機，舉杯和亞岳老闆致意。

「我真沒想到，一個小小的想法，竟然不知不覺搞這麼大！」亞岳抓著頭，有點不敢相信。

「各位，我們現在有效已成立的賣車訂單是五筆、等待簽約的還有三筆！租車的檔期已經排到一個月後了！」悅荷英文日文夾雜開心宣布。

這個消息換來大家一陣讚嘆！「哎呀，我倒是煩惱海運排不上，我很擔心啊！」悅荷又開心又煩惱。

「這個我有辦法！」月瑜眨眨眼，「我可是和各家海運空運有長年的合作關係，我不行的話再請我家老闆幫忙，只是一個貨櫃的量而已，應該好談，務必讓我們的車子排上運送行程。」

「這個就靠妳啦，畢竟我和亞岳也只是送貨的司機而已。」和越一臉愛莫能助，換來其他人的同聲附和。

望月清已經完全融入四個月工作室，心裡還有點捨不得這裡的工作，但是眼見世界潮流似乎要解禁，公司老闆已經要求他取消休假回公司上班。

「祝，April Studio 旗開得勝！乾杯乾杯！」

「乾杯！」五人隨手拿起手邊的杯子，開心笑著。

「哇！你們看，今天的月亮怎麼那麼大！大雷雨才下完沒多久！」

「啊！新聞好像提過，今天六月十四日，有超級月亮！」

「超級月亮？意思是今天的月亮特別大嗎？」

「對，今天是月球距離地球最近的一天，我們運氣真好！」

「好像電影特效！好大好圓！」

「和越看不到，太遺憾了！七月十四日還有一次，希望是好天氣！」

「呵呵，這哪有什麼，我在飛機上三萬呎高空，常見漂亮清爽的大月亮呢！會議開得差不多啦，你們去外面看吧，我整理一下行李要補眠了。」

「晚安！和越，好好休息喔。」四人紛紛向他道晚安。

小林和越按掉對話視窗，遙望窗外晴朗藍天，行人漫步，慢跑者不時從窗前晃過。他想，他應該很快就可以出門一起看月亮了，靜靜等待解禁那一天。

番外篇

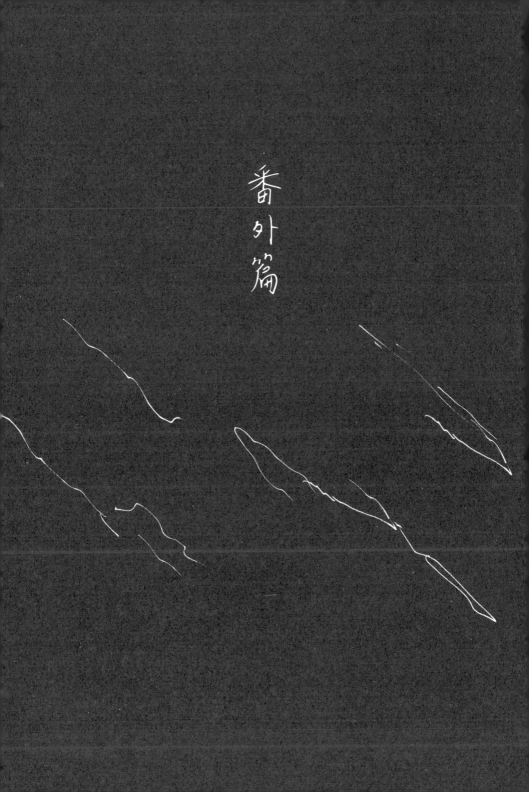

1 他們……還有後續發展嗎？——小林和越與望月清（BL版）

一對情侶走過人山人海的百貨公司化妝品專櫃。

女孩子戴著口罩，看不見面容，她好奇張望擠得水洩不通的顧客，口才便給的櫃姐口若懸河，遊說婆婆媽媽購買產品，桌上堆得滿滿的瓶瓶罐罐試用品，等待結帳的顧客沒停過。

「還好我不用買這些東西，看看我省了多少錢！」她轉頭和男友說。

「妳骨子裡是男生吧！」他笑著，眼睛溫柔望了望短髮大眼睛女友。

「那是我皮膚好！如果我是男的，你還會喜歡我嗎？」

男生遲疑了一會，「應該還是會吧？……我不知道……」

「我是女生，貨真價實，不用擔心這個問題啦，走了走了，我們去吃飯了！好餓！吃那家炸豬排如何？明天面試，我好喜歡那家日系公司，吃了勝丼就能上！」女生拉著男友嚷嚷著遠離。

「如果我是男的，你還會喜歡我嗎？」小林和越等電梯，耳邊突然飄進這對情侶的對話。他細細咀嚼箇中意味，他和那男生一樣，不知怎麼回答。

或許是，還沒碰上吧；又或許是，碰上了也不知怎麼辦才好。

什麼時候開始，自己就不再壓抑這些問題了？

心裡笑了笑，閃過一絲溫柔，手裡提著剛買好的伴手禮，嬸嬸的、堂弟的、鄰居的、同學的，都有，好久沒休假了。二〇二二年十月後，亞洲各國紛紛解除出入境限制，台灣一月底春節長假、二二八連假、四月櫻花季春假、一直到母親節假日，緊接暑假、十月連休，中秋連休，班班客滿，出國人潮沒斷過，航空客運迎來許久不見的遊客人潮。紅葉落盡，霜雪尚未接管大地，人潮稍稍清減，他終於能多申請幾天連休，雖日籍組員飛東京機率高，但也只能在家待一晚，隔日還是要上班，把飛機飛回台灣。

踏出成田機場，搭上京成電鐵，小林和越先回到自己在本所吾妻橋車站附近的住所，十年前還在前一家公司任職時買下這間小公寓，工作時去成田機場或羽田機場都方便，同時能合理從伯父家搬出來。

心裡萬分感謝伯父帶他到日本，照顧到成年，原本中學成績就不錯，來到日本後更認真苦讀，科科第一，大家都認為他會進東大，卻發現他悶不吭聲申請美國的學校，而且拿到佛羅里達州知名航空大學全額獎學金，畢業後回日本進入一流航空公司工作，雖自幼失怙，早早歷經生離死別的人生大事，現在回想，是苦盡甘來。

他和望月清一樣，喜歡頂樓，這一帶房價十幾年前不算貴，天空樹也還沒蓋起來，十餘年中古大樓，頂樓兩房空間約莫四十平方公尺，還附帶一個露台，雖然屋齡有點大、設備已舊，但他喜歡，只要回到東京，這裡就是他的家。

明天是伯父忌日，再怎麼忙碌這天一定要上香獻花祭拜，回到青少年時期寄居的嬸嬸家拜訪。嬸嬸是典型日本婦人，嫻淑持家，身體依然康健，堂弟堂妹還住在老家，一年兩、三次拜訪，看看嬸嬸堂弟妹們有沒有要幫忙的地方。

掃地機器人很認真地把家裡維持得很乾淨，他十天半個月回來一次，沒有灰塵積多的困擾。回家後，再讓掃地機掃一遍，聽機器聲響穿梭家中角落。他站在露台上遠望天空樹，心情平靜舒心，如同在南崁家陽台遠望南崁溪上一輪明月。

「清醬，我回來了。」和越打開 Line 敲出幾個字。

「歡迎回來！回來住一晚還是多放幾天假？」

「這次有五天假，我明天要回伯父家，明天假日，問你有沒有要回去。」

「過兩天是伯父忌日對吧，我媽也一直在叫我回去，不然一起回去好了。」

「好啊，可以開車嗎，我買了東西要送，提著麻煩。」

「沒問題，我今天正好開車上班，晚上臨時有個應酬，正在想免不了喝酒就不能開車了，正好，來幫我開車。」

「好喔，晚上的地址再傳給我，我去接你。」

＊

餐廳不太遠，在淺草一帶，和越輕扶微醺的望月清上車，替他扣好安全帶。

「我還沒醉，精神還不錯，好想再喝一杯。」他打了個嗝。
「你這句話就是已經醉酒的人會說的……快坐好，回你家還是我家？」
望月清頭一歪，竟已不支呼呼大睡。
和越輕笑搖頭，喝醉就秒睡，和以前一樣，他決定先回自己家，距離較近。
進到屋內，和越吃力地扶他進臥室，望月清依然熟睡不醒人事。
和越掙脫他的手臂起身，脫掉他的西裝外套、襯衫和長褲，找出他之前遺留在自己家的寬鬆棉衣T恤和短褲給他換上。外衣整齊掛在他的制服旁，他拿出除臭噴劑，仔細噴了略有酒味的衣裳，襯衫丟進洗衣機，洗脫烘兩小時完成。
照顧他，他很樂意。
天微亮，望月頭痛醒來，和越窩在沙發睡著了，餐桌上有一大杯水和一顆藥。「林醬就是懂我」他咕嚕咕嚕灌下一大杯水，吞下頭痛藥，搖醒和越，扶他到床上。他到浴室沖了熱水澡，牙刷還是那支淺藍色的，沐浴後稍稍恢復精神。
望月清看著和越睡顏，輕輕碰觸長而濃密的睫毛，這小子怎都不顯老，都三十好幾了。自己是女友一個換一個，最近這個也在半年前平靜分手，和越多年來不曾交過女朋友，說很忙沒空，我也很忙啊，戀愛與工作，根本兩不衝突。
輕輕笑了笑，托住自己的手臂，側躺在和越一旁，一室幽靜，安然再度入睡。
和越醒來，臂彎環繞望月清，他不敢動，深怕他醒來，破壞這甜美的一刻。望了望餐桌，水喝了、藥吃了，椅背晾著用過的微濕浴巾，他的頭髮還微濕沒烘乾。和越另一隻手勾過來暖氣搖控，再加高室內溫度。

和越略略靠近望月清的臉龐，雙唇輕輕碰觸他的眼睛，要是他醒了過來，自己繼續裝睡，裝作不小心碰到就好，小小邪念微微得意。

*

「醒啦？頭還痛嗎，來喝水。」和越的聲音從廚房傳過來，他正仔細沖煮咖啡，香味滿溢空間。

「不痛了，剛天亮醒來吃藥了，哎呀！我真不喜歡應酬啊！」望月清在床上翻滾。

「還說呢，昨天接你回來說，還一直嚷嚷要再喝，說沒醉。」

「呵呵呵，我就是這樣嘛，我餓了！」聽到烤麵包機叮一聲，馬上跳起來。

「早餐做好了，來吃吧。」和越沖完兩杯咖啡後，到廚房端出兩盤炒蛋和青蔬，從冰箱拿出水果和優格。

「真好，起床就有早餐吃，以後你回來，我也要來吃，這咖啡好棒，哪來的？」咖啡香氣濃郁，一口喝下淡淡果香勾起口腹之欲。

「新搬來的咖啡店，在前方路邊巷口，自家烘焙很不錯，最近常買，喜歡的話待會去看看。」

「好啊！」他咬了一口土司，「對了，『四個月』現在進展如何？」
「挺好的，一切都上軌道，上個月我們還分紅，有賺。你是要問悅荷吧？」
「沒有啦，都分手半年了，我們還是不適合，早早認清就放生人家，她也是這樣想吧。」
「她是很認真在工作，和亞岳一樣都是工作狂，每次去公司她總是忙碌，我這小股東覺得不好意思，只能有休假時去現場打個雜，多多介紹同事過去捧場，忙是好事吧。你呢，一個換一個，都三十幾了，何時才定得下來啊。」
「你說我？你自己一片空白，還說我，呵呵！」
「待會回到家，遇到我嬸嬸問起，你就說我看中一個，還在追就好。」
「你是說月瑜？怎都沒好消息？」
「我就忙啊，你看看，國境開放後，你忙壞了吧，我也忙死了，我在台灣的時間那麼少，不是東京大阪，就是美國歐洲長班，沒空沒空。」
「真是好理由，餐盤我來洗，你去整理要帶回家的東西吧。」
「那就拜託囉！」

＊

神社深處，墓園裡參天銀杏樹閃閃發亮，天氣晴朗無雲，微風拂來吹落些許鮮黃樹葉，一家人灑水擦拭墓碑、整理環境、插上鮮花，合十低頭，一年一度週年忌依然安靜詳和。和越隨同嬸嬸一家人回到家，嬸嬸準備午餐，一起與堂弟堂妹邊吃邊聊工作與近況。他拿出伴手禮去隔壁送禮，嬸嬸含笑點頭，揮手讓他去。

「伯母好，好久不見。」

「是林醬啊，好久不見，吃過飯沒，來坐這裡。好幾年了吧，聽清醬說你到台灣的航空公司工作了？還習慣嗎？」

「謝謝伯母，我家嬸嬸也準備了午餐，剛吃完過來送個小禮物給伯母。工作算順利，台灣那邊疫情前剛好有缺就去了，很多日本人前輩都在那裡，我又會中文，所以適應得很好。」

「謝謝你的伴手禮，我很喜歡台灣的鳳梨酥，去年清醬出差帶回來一盒，大家都搶光呢！對了，你也三十好幾了，娶太太了沒有啊？」

「媽！人家林醬那麼久沒來，一來妳就問這個，人家下次不來了啦！」望月清下樓，一聽到母親又問這種問題，便埋怨回應。

「你這孩了，我還沒說你呢，到底要不要定下來啊！」

「媽，我回來再和你說，我們和小海、櫻子他們有約了。」

「好好好，我不問啦，你們快去，晚上我和朋友有約去大阪參加花藝展，你爸工作出差也不在，家裡沒人喔。」清醬母親是花藝專家，假日常常受邀出席花藝展擔任評審。

「我救了你一命呢，快謝我。」望月清拉著和越走出家門笑道。

「這種問題我早就免疫了，謝謝你雞婆。你剛剛說小海和櫻子，我怎沒聽你說要去找他們。」

「其實也是早上的事，正要和你說，你那時在神社，不好打擾你們，除了小海和櫻子，還有森前輩。」

「這組合好熟悉，莫非……」

「早上遇到小海，他家餐廳是我們美好的回憶啊！他爸在餐廳午休未營業時不是都會借我們團練嗎，那時省下租用團練室的費用，哇，真的超多錢。最近頑石餐廳邁入三十週年，我們一時興起，想來個高中樂團一日復活，沒找到佐佐木前輩，他不在日本，倒是森前輩還在老家，繼承他老爸的店了，再加上小海和櫻子夫婦檔，這樣鼓手、貝斯、鍵盤手和我吉他兼主唱都有了啊！」

「太棒了，我也好久沒看到他們了！」

「現在去小海的餐廳練一下，晚上開演！大家都還保持音樂興趣，真的是太棒了！」

「好期待！那我要做什麼？對了，我來做宣傳海報貼在門口，推特再貼一下，保證晚上客滿！」想起他曾做過樂團行政經理，立刻給自己分配了工作。

頑石音樂餐廳三十週年慶

櫻園高中史上最強樂團

今夜限定復活！望月清。回來了！

今晚六點，三首永遠不會忘記的名曲！

消息一發出去，在老家的同學、前輩後輩能來的全回來了，還有人立刻買了火車票，立刻回來，一百個位子，瞬間預訂一空。

「清醬要回來唱！我的青春回憶啊！」

「太突然了，我一定要去，我暗戀三年的樂團主唱啊！」

「聽說在東京有個業餘樂團，人家還是大旅行社的部長，前途大好！」

「我沒聽說他結婚了？有小孩了嗎？」

「沒！我上週才聽小海說，他可花心了，女友一個換一個呢！」

「那個誰，都跟在他旁邊，功課超好那個，對！小林和越，以前我可喜歡他了。」

「那妳非來不可，海報是小林和越臨時剛做好的！人家現在可是高富帥，是個機師耶！」

「天！那他結婚了嗎？」

「聽說也還沒呢！你還有機會！」

「哈哈哈，別鬧了，來不及了，我孩子都兩個了……」

校友群組為了這件事，熱烈討論了一下午沒斷過，望月清和他的樂團朋友們認真團練著。

雖然是臨時決定的小型音樂會，可音響燈光一點都不含糊，望月清主唱一現身，現場觀眾全都尖聲大叫，吉他刷下去，小林和越立刻熱淚盈眶。

「我沒有辦法停止愛你，你是否願意回應我的思念……」望月清低迴深情的嗓音，惹哭一票女性聽眾。

「安可！安可！安可！安可！」聽眾瘋狂大喊。

「謝謝大家來，真的是小海早上找我，我們臨時決定來這麼一場，一個下午匆匆練了三首歌，沒辦法安可了啦，謝謝大家來，謝謝頑石音樂餐廳、謝謝森前輩，謝謝櫻子，謝謝和越的手繪海報！謝謝燈光師和音響師！祝賀頑石音樂餐廳三十週年！今天飲料免費，我請，大家放心喝！」

音樂會結束後，幾個好友開心得喝到滿臉通紅。

「太開心了啊！清醬，謝謝你！我們是一輩子的好麻吉！」小海又哭又笑。

「小海你哭什麼啦，我們那時候還好有你，讓你爸借我們餐廳休息時間團練，雖然過了十幾年，我一直記在心裡呢，來！再喝！」

「你們都喝醉了啦，我帶他回去，你們的車是後面那台，林醬，那個醉鬼交給你了，你帶他回去。」櫻子團長一如以往下令道。

「好，交給我，你們回家也注意安全喔。」

＊

「你最近真的喝太多了，要收斂些啦。」和越皺眉對清醬說。

「我高興嘛！來，清醬，再喝！」

「嘖，到家了啦！」他自行打開清醬小包取出鑰匙，開了門走到二樓房間。

和越也喝了不少，還好沒放任自己到醉，還有一點餘力拖抱望月清上床，這次沒力氣替他換衣服。

兩人倒向房間裡的榻榻米。

「林醬，林醬！」望月清嘟囔著，伸手把和越拉了過來。

「怎麼樣，我唱得好聽吧。」他臉紅通通笑望著林醬。

「好聽，最喜歡聽你唱歌了。」

「哪一段哪一段，我再唱給你聽！」

「我沒有辦法停止愛你，你是否願意回應我的思念……」和越低低唱著。

望月清手仍緊緊抓著小林和越，他沒聽見林醬的回應，已進入醉酒熟睡模式。

「我沒有辦法停止愛你，你是否願意回應我的思念……」和越低低再唱了一次。

他終於情不自禁輕輕一吻望月清，閉眼入睡。

而望月清，突然醒了過來，深深注視和越。

＊

在老家待了兩晚後，兩人回到東京。

「下次什麼時候回來再一起去吃飯?」

「下個月的東京班都是待一晚返台，確定回東京再和你聯絡，班表常會改。我倒是有一班紐約，好久沒去了。」和越說。

「這麼巧，下個月我也要隨同社長去美東幾個城市拜訪合作單位，我們說不定能碰上。」

「會有這麼巧嗎，希望不要碰到下雪天，我不喜歡飛機除冰。」和越嚷嚷。

「是啊，如果晴天就更好了，如果剛好都在紐約，一定要出來。」

「好，再保持聯絡，我先回去了，下午要上班了，一下子五天假就沒了。」

望月清放和越在他家大樓前，兩人揮手告別。

他親了望月清，和越記得，他逾越了，心裡噗通噗通響，好在清醬醉酒，什麼事也記不得。

這樣算重大突破嗎?只是自己偷親人家而已，什麼都不是。

有點失落，更有些小確幸，他收拾好收李箱，該上班了，上班什麼都會忘記的。

*

紐約，約翰·甘迺迪國際機場。

和越專注的表情總算緩和下來，這趟飛行不容易，他與副機師趕在天氣變化前降落，若再遲半小時，機場積雪，跑道關閉就要轉降其他地方，那就麻煩了。

他和接班的機師同事交接了飛機，同事苦笑，機場半小時後關閉，麻煩的是雪愈下愈大，機場重啟不知何時，旅客滯留機場後續處理不是他們的工作，但是飛機在冰天雪地裡困難度升高，也是棘手。

與副機師踏出前艙，他們看了氣象分析報告，傍晚開始紐約風雪侵襲，回程班機今天八成是走不了，明天飛機是否能飛，還要看天氣狀況，後續航班大概要亂一兩天。

天氣的事，無可奈何，就聽從安排，旅館接駁車已在機場外等候。他遇過暴風雪滯留札幌、颱風滯留沖繩、罷工延誤起飛時間，機場關閉是常有的事，已練就心平氣和的本事，這些都是他們年年都會遇到的狀況。

出發前他敲了望月清，說這次天氣關係，他不能確定是否能順利抵達紐約，讓他改班機早點回東京，免得影響後續工作安排。

打開手機，望月清的訊息一閃一閃的。

「來不及啦，全滿了，我去機場候補試看看。」

「確定候補不上了，機場旅館也都客滿了，我回紐約市區。」

然後就沒了下文。

和越趕緊撥打電話給望月清，這小子流落去哪了？

「清醬？清醬！有聽見嗎？」

「有有有！林醬，你下班啦！」

「對啊，差半小時我就要轉降別處了，還好順利抵達，你現在在哪？」

「反正回不去，我家社長就又約了幾個同業朋友在吃飯呢……呃呃……」清醬情緒高亢，看來又喝酒了。

「清醬，節制點，不要喝太多了。」

「我已經和我老闆說我要和朋友外出了，旅館附近五十九街那家小酒吧，對，我們去過的那間，我半小時內可以到，呃呃，對了，我們住同一個旅館啦。」

*

小酒吧內，客人三三兩兩，望月清要了一杯 Tequila Shot，他坐在吧台等待和越，和越傳來訊息說從機場來的路上塞車嚴重。望月清有一搭沒一搭地和酒保、隔壁的酒客閒聊，漂亮的洋妞來搭訕，他也來者不拒與美女碰杯聊天，聊得興起不忘交換聯絡方式。

「漂亮女孩，我不能跟妳走，我在等我朋友……他啊，很帥啊！好看的亞洲人類型，是機長呢，剛下班……介紹給妳沒問題，他等一下就到……我也可以吧，嘿嘿，我比他嗎？不然妳等一下看看。」望月清又叫了一杯生啤。

「清醬！」望月清看到和越進來了，拖著行李，穿著制服。

「我怕你等太久，下了車就先衝過來，你又喝幾杯啦？」他遞過信用卡讓酒保結帳。

「不啦，我得把你帶走，不然你要醉倒在這裡了。先和我去我房間，我換個衣服。」

「我定力夠，不會醉，有好幾個女孩想帶我走，我都沒走呢，在等你。」

「算你聰明，最近真的覺得你喝多了，節制點啊。」和越捏捏清醬略冷已受涼的臉笑說。

「放心啦，沒你們飛行員養生，有收斂些了。」

「我去和櫃台拿房卡。」

「我也要拿，我行李還寄放著。」

「我房間比較大，待會去我那裡聊聊吧。這家旅館與敝社有業務往來，給我和我老闆升級大的房型了。」

「有惡勢力真好啊。」

「嘿嘿，我是知名大旅行社的明日之星嘛！那我可以買幾瓶啤酒當獎品嗎？」

「還喝？」

「啤酒是水！」

「好啦，最多兩瓶，我工作執勤，十二小時不能喝酒精飲料，我想去運動一下，你要不要一起去？運動完再去你房間聊天。」

「好啊，一起去。」

*

水氣豐沛，降雪量驚人，飛雪亂舞，凜冽寒風刺骨，抵達紐約落地不過兩三小時，路邊積雪已經半人高，外面溫度已降至零下六度。旅館附設的溫水游泳池，來游泳的人不多，三三兩兩分散各水道。戶外極寒，游泳池溫暖舒適。

兩人一邊看夜景，有一搭沒一搭聊著。

「照這看來，說不定我要在紐約多待兩天了。」和越查過公司訊息，飛機調度不及，不僅紐約，芝加哥、安哥拉治、柏林、札幌，同時都有航班受困於暴風雪的消息。

「真慘，我可以想像其他旅行社的慌亂模樣了，還好我家幾個團今天都離開。」望月清一派悠閒揉揉有點僵冷的臉說。他到紐約、芝加哥、溫哥華出差，順便考察自家旅行團的狀況，早早遇知天氣問題，便指示各團領隊儘早因應，免得公司損失。

「萬事都搞定，就是自己沒安排到。」和越笑著虧他一句。

「我這不是私心嘛，賭一把你會到，反正我家社長比我還不想回去日本。」

「只要不下雪，我是很愛來紐約的，遇到要除冰，我就要翻白眼。」

「常聽你說除冰好麻煩，我也看過除冰車在飛機外灑水除冰的樣子，也只是看看熱鬧而已，到底是怎樣的麻煩？」

「天時地利人和都要算進去，雪持續下不停，除冰效果不好；除冰配備及工作人員技術不到位也不行；在機場等起飛，塔台不給你起飛許可，耽誤了時程、飛行員的計算與判斷失誤等，都可以讓除冰程序大打折扣、不如預期，甚至作廢，冰，對航空器的影響太大了，不夠仔細，不夠謹慎小心，甚至影響飛行安全，如果一切從頭再來一次的話，要花多久時間？所以我說好麻煩就是這樣，美國航空局對除冰的要求可是有三十多頁，密密麻麻的。而且，每個機場的程序都不一樣，總之不是灑灑水，機體上沒冰就完事了。」

「聽你說這麼一長串，我頭都昏了……」

「我再游幾圈，滿舒服的。」

「我先回去，迫不及待想喝冰涼啤酒，待會來我房間，房卡剛給你了。」

望著走遠的望月清，都三十多了，身材還是保持得很好，看來不是很想輸給我啊，和越得意不由得笑了出來。

大雪紛飛，路上行人絕跡，只剩少數車輛在雪地裡穿梭。

偌大的泳池、雪景、喜歡的人，安然自在。

和越和望月清的房間就在隔壁，他進了房門，電視還開著，清醬已喝完兩瓶啤酒，沉沉入睡。

他輕輕關掉電視，房間光源調為柔和睡眠光線。「清醬，睡覺也不蓋被子。」剛泡完湯，全身熱烘烘，來不及蓋棉被就睡著。沒醒過來，才半小時喝完兩瓶便已呼呼大睡，也難怪，今天奔波一整天一定累了。

和越靜靜看著望月清，他可以一直看著，沒有任何偽裝，毫無顧忌、充滿情感的凝視。

他輕巧地靠過去，輕輕碰觸熟睡那人的臉頰。

望月清突然張開眼睛，微微清醒，他看著他，臉上掛著溫柔神情。

「我吵醒你了嗎，抱歉。」

和越看著他突然睜開的眼睛，一時之間不知所措。

望月清突然一把抱住他，輕輕在唇上一點，嘴角微揚，輕輕磨蹭和越的臉。

「清醬，你……」

「你是不是喜歡我很久了？你這個笨蛋，怎麼不和我說呢？」望月清輕聲說著，他聞著和越剛洗澡完的清香味，雙唇不經意觸碰和越臉龐。

「我……我不敢，你那麼受歡迎，那麼多漂亮女生喜歡你……」

「你真傻，我也喜歡你啊，只是怕你不能接受，所以交很多女朋友轉移對你的注意力，你隱藏得太好了，瞞我這麼久，你真是笨蛋，呵呵，我也是笨蛋。」

「清醬，你是說真的嗎？我……」和越被清醬突如其來的訊息驚得不知如何是好。

「我好睏，先陪睡，睡飽再說，長班飛那麼久，應該也累癱了吧，先睡吧。」望月清揉亂和越的頭髮，低聲回應。

和越閉起雙眼，卻不知怎地濕潤了眼眶。

2 這一生，說什麼都不放手——于悅荷與王亞岳（言情版）

隔日，望月清搭上第一班往成田空港的航班離開，而小林和越的飛機則是延遲了一整天，回到南崁家已然夜深。

清晨醒來，提了一盒巧克力禮盒到四個月工作室，天色尚早，店沒開門，他本想悄悄牽了車走，還是吵醒了在二樓後方的亞岳。

亞岳一臉還沒睡醒的模樣，和越拱手道歉，亞岳揮揮手說沒事，只是起來喝水。和越不經意看到一雙女鞋，是悅荷還是雅嫺，還是亞岳帶女生回來？他指著禮物袋子讓亞岳知道，自己趕緊戴上安全帽，油門一催，揚長而去。

亞岳看到和越的表情，立刻理解他誤會了，正打算解釋，和越卻一溜煙跨上車絕塵而去。

四個月工作室第一年賺了錢，業績穩定，他們運用部分盈餘把二樓再整修過：亞岳有自己的獨立衛浴房間、再隔出一間小倉庫，倉儲室裡還有一張布沙發和辦公桌；角落還有一處辦公空間，目前只有悅荷和雅嫺使用，偶爾月瑜也會來，日後若需要增加人手，這裡還能再坐兩三人。

有時半夜討論得太熱絡，悅荷和雅嫺會在倉儲室攤開沙發變成床，略略休息到天亮再回家補眠。

亞岳其實只是想簡單弄個機車工作室，沒想到被股東們玩出新境界，賣車租車修車是基本業務，為擴展其他業務收入，複合營運愈來愈多，沒想到還變成一個假日休閒的好去處，在月瑜積極操作下，各大小媒體、網紅部落客絡繹不絕，每週都有小農市集、故事屋、咖啡甜點、音樂展演，豐富多樣。

月瑜笑說外掛開得太多，悅荷則說這叫地方創生，現在正紅，同時也進行各種異業結合，公部門的獎助案、補助案、適合的標案，她都去爭取，增加可運用的行銷預算，再從其中挖掘找出重機潛在客戶，就像有人愛名牌包，也有人渴望有一台拉風炫酷的車子。

工作量已經比一般人還大，她去年底還完了碩士論文，怎麼那麼拚命呢，亞岳既佩服又有點不捨，屢屢勸她要多休息，她神采奕奕說還好，自己很有幹勁，月瑜看在眼裡，憐惜學妹，她知道悅荷已經決定讓她的異國戀情淡去，工作忙碌得沒時間悲春傷秋是最好的辦法。

「悅荷姐，下個月市集報名攤位數又爆了，我們只有三十個攤位，已經報名兩百家了！看來我們的活動口碑都擴散出去了，吸引各地手作品牌來呢。」雅嫺瞪著電腦螢幕，不敢相信地望著報名資訊。

「對啊，尤其是上個月開始，我們不是調整了攤位費嗎？本來以為會減少參與意願，沒想到沒減少還增加！」悅荷也很開心地回應。

「那是因為我們除了逛市集之外，還能逛繪本空間，也安排了說故事、繪本作家分享會，還有小型不插電音樂演出，很適合全家來啊，爸爸可以溜去看機車，媽媽可以逛攤位，還可以把小朋友丟包給小月亮姐姐，怎麼想都覺得很棒。」月瑜接口笑道。

「那還是要感謝月瑜學姐，宣傳操作得好，成功吸引主要客群呢。」

「這麼熱鬧，妳們在說什麼？」亞岳穿著一身技師工作服，踏進辦公室。

「亞岳哥，快來這邊坐，樓下牽車的客人走了？」雅嫺立刻起身倒了杯茶遞給亞岳。

「嗯，走了，聊了很久，那位客人也是對機車有相當研究的專家了，還有一個 FB 社團，我替他解決一些車子的老問題，他很開心，一直說要介紹朋友過來。」亞岳接過茶杯，一口氣喝光。

「太棒了！這下我們的潛在客戶又能增加，我們在聊下一季活動規畫，一切都還不錯，就希望天氣好就好。」悅荷回應。

「是啊，天氣不好很影響戶外活動，我們這些戶外活動大概也只能到十一月底了，十二月後天氣不穩定，大家可要有心理準備。」月瑜接口道。

「是啊，你們都沒我務農世家更了解南崁這一帶的天氣變化，東北季風一起，北部東北部都是濕冷的天氣，綿綿細雨有時一下就是四五天，甚至更長，戶外活動很難做起來。」雅嫺抬抬眼鏡，這裡就她世居此地，她說的最準。

「那這樣，我們未來冬季規畫可能就要稍微修整了。」月瑜說。

「或許我們集中主要客群，做室內型態 VIP 之夜？」悅荷思考應變方法。

「也是個好主意，我們要更了解主客群的習性、生活習慣、各種行為模式，這點，你除了翻看客戶名單之外，可能要多和亞岳多討論，畢竟亞岳是第一線直接接觸機車主客群的人，他最清楚客人的喜好。」

「我會好好思考的，亞岳，這兩天有空要主動找我講話喔。」

「我常找妳講話好不好，倒是妳忙得像花蝴蝶一樣，比我的黑狼跑得還快。」

眾人哈哈大笑。

「大家，我們今天來吃火鍋如何？今天多準備了些青蔬，預備客人想多買的狀況，客人取貨領得差不多了，還剩些，夠我們幾個人吃了，冰箱也還有些冷凍的肉和豆腐。」

「好啊，我瞪著那些菜好一陣子了，那個茭白筍是今早摘的吧，看起來就很美味啊！」亞岳笑著說。

「呵呵，不光是茭白筍，白蘿蔔也是今天在田裡拔的，客人們聽我這麼說，都一直叫我和悅荷姐辦個拔蘿蔔比賽，她們要帶小朋友參加。」雅嫻得意笑道。

「拔完蘿蔔，騎車來載蘿蔔，回家煮蘿蔔湯！這個我覺得好多了，記得以前有一次辦了場騎車去採草莓，結果草莓都搖爛了，只能變成草莓牛奶了。」月瑜提起以前趣事笑開。

「哈哈哈，我有印象，那時悅荷姐心心念念想吃新鮮現採草莓，結果亞岳哥帶回來一坨爛草莓，氣死悅荷姐了。」雅嫻又補了一刀。

「喂喂喂，好不容易才忘記這糗事，妳們還提！亞岳等一下會惱羞成怒喔！」悅荷也湊趣補一句。

「我投降，我去洗菜切菜可以吧。」亞岳雙手舉高，配合演出。

「等你這句話很久了，那我去煮火鍋。」悅荷說。

「冰箱的料夠嗎？我去超市補買點料吧。」

「月瑜姐，我想喝沙士，我可以和你去嗎？」

「好啊，我正需要小幫手。」

「有人來了，我們都快打烊了說。」雅嫺耳尖，聽到車子駛進熄火聲響。

「聽這車子排氣管聲響應該是和越，我去瞧瞧。」

「如果是和越，那更要再加點料了，走吧，雅嫺。」

「和越，晚上吃鍋，留下來吃。」亞岳向外大喊。

「好喔，我正覺得肚子有點餓了，但車子有點雜音，有點像小鳥叫聲，下來幫我看看。」

和越脫下安全帽往旁邊一扔，蹲下來看車子。

「去吧，青菜我來洗就好。」悅荷往車子方向看了一眼。

「氣門間隙跑掉了吧，里程跑多了就有可能發生，各家引擎設計不同會有不同狀況，這要把引擎上蓋卸下來才能處理，你這兩天不要騎車，我處理好再說，最近手上有兩台車在檢修，你的車還要排晚一點。」

「喔喔，好，沒問題，我明天下午還要上長班，一星期內都騎不到車了，不急，那就麻煩你了喔。」

「對了，和越，關於前兩天你看到的……」

「兄弟，你不想公開的話，我就裝作沒看見，你想說我一定第一個聽。」和越打斷他，立刻回話。

「謝謝，其實她還沒有同意，但我願意等，我很珍惜，她工作忙，等她認同我們的感情，我們更穩定了，一定和大家介紹。」

「沒問題，我了解的。」

火鍋吃得熱烈而滿足，和越開車把月瑜和悅荷送回家。

三人有些累了，各自安靜未語。

能說什麼、該說什麼，誰都開不了口。

半年前，悅荷與望月清平和分手。她甚至沒有和月瑜、和越或亞岳說。她不說，其他人自是了解，也不去打破砂鍋問到底，照常工作、一樣生活。

趕完論文後，她全心全意投入工作，連月瑜都笑她，認識這麼多年，從不知道她是比自己還嚴重的工作狂。

漸漸地，望月清的影子淡了，王亞岳的身影多了起來。亞岳不是多話的人，雖是如此，該溝通該互動的時候，他的誠懇與專注都能看得到。

每當悅荷遠遠望著亞岳一個人在修車間工作，專注解決問題的表情，能讓她隱隱約約悸動。

那是只有女孩子會欣賞的男子特點，她總是這麼想。

亞岳像個大哥般照顧她，望月清雖然長年亞岳幾歲，可是就沒有亞岳那般不動如山的穩重。悅荷漸漸升起對亞岳的好感，她知道亞岳對她很好，兩人個性不同卻少有摩擦。

這樣的相處與平衡感，讓悅荷感到平和，漸漸沖淡對望月清的迷戀。

如此這般過了三年。

＊

「我出去騎車喔。」悅荷考上重機駕照，亞岳幫她挑了一款適合女孩子騎的車，她很喜歡，經常騎出去兜風。

她常笑說，身為大股東，不會騎車說不過去。悅荷一身勁裝，身型簡潔俐落，戴上安全帽後雖看不見清秀臉龐，然而長髮飄逸的帥酷模樣，讓許多重機攝影愛好者拍下許多亮麗身影，在重機車界儼然成為女神。

她大方讓人拍照也接受訪問，更接受公部門的邀請，為重機行車安全做宣導，大家才知道原來她還是近年來火紅的重機修理店的老闆之一。

她知道自己變成半個公眾人物，更是注重行車安全。

或許命裡終有一劫，那天她出門準備去給育幼院的孩子講故事，卻出了嚴重車禍。目擊者拿出行車記錄器，才發現她為了阻止大卡車撞上老婆婆和兩個學童，而被失控的卡車撞飛，她自己與車子跌入一邊農田。

頭部受到嚴重撞擊，緊急做了手術，仍昏迷不醒。醫生說，手術雖是成功，這兩天還是要觀察，如果一直遲遲未醒，很有可能會成為植物人。

亞岳坐在加護病房外，習慣性的頭痛再次襲擊他。

*

悅荷遊遊蕩蕩，來到一座荒涼的小廟前，是一個淒冷場景。她看見一名身穿古裝的女性跪倒在廟前空地，嗚咽哭泣，她過去安慰那位女子，但是那女子只是痛哭，她前面還有十幾具蓋著白布的遺體。

發生了什麼事？悅荷想了想最近是否有重大災害，沒有啊，那這裡為什麼會有這麼多屍體……寒風呼呼吹著，距離那女子最近的一塊白布悄悄被風吹掀開來。

情況太過悲淒，女子不斷呼喚阿旺哥、阿旺哥，悅荷輕輕湊近一看，這人好面熟，清代民間服飾像是連續劇戲服，是一個臉色已灰敗的男人，蓄著鬍鬚，高大健壯，頭部槍傷，血液已經凝固。這人好面熟，她一驚，是亞岳！

女子不斷哭喊，你回來！你快回來！我們就要成親了，你不守信用，你回來！悅荷聽著心酸，再次靠近那女子試圖安慰，妳別傷心了，他已經走了……

女子轉身面對悅荷，悅荷再次驚嚇，這女子不就是我嗎？

她倒退三步，一旁看似亞岳的靈魂，淡淡地、神色淒然望著女子，口中喃喃唸著，靜荷，我對不起妳，來世我們一定要結為夫妻……靈魂愈來愈淡，消失不見。

悅荷驚嚇不已，這是夢，這是夢，我要快點醒過來！

*

她萬分艱難地睜開眼睛，白光刺眼，眼皮有如千斤頂，只是睜眼怎麼這麼困難，她花了九牛二虎之力，終於看清自己在病房內，一旁還有個男子緊握她的手，趴著睡著，是亞岳。

她動了動，立即驚動亞岳，他驚喜立刻按鈴呼叫護理師，醫生很快出現，做些檢查，笑著對亞岳和悅荷表示醒過來就好，之後好好配合治療就好。

亞岳如釋重負鬆口氣也笑了，緊握悅荷的手。

「太好了，妳醒了，我趕快通知月瑜和雅嫺她們，和越明天才會從巴黎回來，大家都擔心死了，妳醒過來就好。」

「我做了個夢，夢見你死了，我一直哭。」

「夢境與事實相反呢，你要是再醒不過來，我才要哭。」

「我死了，你會哭喔？」

「當然會！你知道這幾天我真的很害怕失去妳……」亞岳哽咽了一下。

「對不起，我開玩笑的，你一直照顧我嗎？」

「還有月瑜和雅嫺，大家都會輪流來，我堅持我要天天在這裡，她們不肯，最後是她們工作結束後會來替我幾個小時，讓我回去梳洗一下。」

「真的，很不好意思，對了，那老婆婆和小朋友們沒事吧？」

「他們沒事，老婆婆一直哭，一直道謝和道歉，謝謝妳救了她和她孫子的命。老婆婆的兒子倒是很有辦法，請醫生給了最好的照顧、看護也一日三班照顧妳，還讓妳住在最好的病房裡。」

「大家沒事就好……」

「就等妳康復了才是沒事，妳再睡一會，說了這麼久的話，累了吧。悅荷，我們結婚吧，等你出院，我們去登記結婚，再請幾桌好朋友吃飯，對了，也要和表姑婆說。」

「嗯……好。」悅荷被注射新藥劑後，又昏睡過去。

亞岳再次緊握她的手，這次，說什麼都不放開。

參考文獻

1. 張素玢、莊華堂（一九九九），《桃園縣平埔族調查與研究報告書》，桃園市：桃園縣立文化中心。
2. 張素玢、陳世榮、陳亮州（一九九八），《北桃園區域發展史》，桃園市：桃園縣立文化中心。
3. 林元芳著（一九六三），《林氏九牧衍派台灣家譜》，無出版，家族珍藏。
4. 陳宗賢策劃、鄭政誠總編（二〇二二），《南崁源始：五福宮六甲子的地方巡禮》，桃園市：五福宮管理委員會。
5. 桃園市蘆竹區公所（二〇一六），《蘆竹志》，桃園市：桃園市區公所。
6. 桃園市政府文化局（二〇一七），《新修桃園縣志》，桃園市：桃園市政府文化局。
7. 傅琪貽著（二〇一九），《原住民重大歷史事件：大嵙崁事件》，台北市：原住民族委員會。
8. 偕叡理 Rev. George Leslie MacKay（二〇一二），《馬偕日記》，台北市：玉山社。
9. 伊能嘉矩（二〇一七），《臺灣文化志》，台北市：大家出版。

10. 必麒麟 W.A. Pickering（一八九八），《歷險福爾摩沙：回憶在滿大人、海賊與「獵頭番」間的激盪歲月》，台北市：前衛出版社。
11. 黃叔璥、宋澤萊、詹素娟（二〇二一），《番俗六考：十八世紀清帝國的臺灣原住民調查紀錄》文白對照註解版，台北市：前衛出版社。
12. 曾秋美（一九九八），《台灣媳婦仔的生活世界》，台北市：玉山社。
13. 林呈蓉（二〇一九），《典藏台灣史（五）十九世紀強權競逐下的台灣》，台北市：玉山社。
14. 林呈蓉（二〇二一），《見證乙未之役：一八九五年台灣社會的實態》，台北市：五南出版。
15. 溫振華、戴寶村（二〇一九），《典藏台灣史（四）漢人社會的形成》，台北市：玉山社。
16. 邵式柏 John R. Shepherd（二〇一六），《臺灣邊疆的治理與政治經濟（1600-1800）》，台北市：臺大出版中心。
17. 柯志明（二〇二一），《熟番與奸民：清代臺灣的治理部署與抗爭政治》，台北市：臺大出版中心、中央研究院社會學研究所。
18. 王佐榮、蔡蕙頻（二〇二一），《百年戰疫：臺灣疫情史中的人與事 1884-1945》，台北市：蒼璧出版有限公司。
19. 陳靜宜（二〇二一），《喔！臺味原來如此：潤餅裡包什麼，透露你的身世！二十種常民小吃的跨境尋跡與風味探索》，台北市：麥浩斯出版。

20. 曹銘宗（二〇一六），《蚵仔煎的身世：台灣食物名小考》，台北市：貓頭鷹。
21. Waste 戌（二〇二〇），《滬尾守衛阿火旦》，台北市：蓋亞文化。
22. 張季雅（二〇一三），《異人茶跡》，台北市：蓋亞出版。
23. 王佐榮、鄧南光攝影（二〇二一），《彩繪鄧南光：還原時代瑰麗的色彩 1924-1950》，台北市：蒼璧出版有限公司。
24. 王佐榮、李火增攝影（二〇二〇），《看見李火增 II：南風中的觀覽者・臺灣 1935-1945》，台北市：蒼璧出版有限公司。
25. 許雪姬等著（二〇一九），《來去台灣（台灣史論叢　移民篇）》，台北市：臺大出版中心。
26. 顏金良著（一九九八），《前進老台灣：郁永河採硫傳奇》，高雄市：河畔出版社。
27. 盛清沂（一九七〇），《臺灣省通志卷七：人物志　民族忠烈篇・抗日先賢篇》，台北市：臺灣省文獻委員會。
28. 游永福（二〇一九），《尋找湯姆生：一八七一臺灣文化遺產大發現》，台北市：遠足文化。
29. 許毓良（二〇一九），《光緒十四年（一八八八）臺灣內山番社地輿全圖所見的新北山區：一段清末開山撫番的歷史追尋》，台北市：遠足文化。
30. 林會承、徐明福、傅朝卿（二〇二二），《台灣建築史綱》，台北市：國立台北藝術大學、遠流出版社。

31. 白順裕（二〇〇四），〈清代竹塹地區的交通〉，台北市：國立臺灣師範大學歷史學系碩士論文。
32. 吳文益（二〇〇三），〈吳添友家族與南崁教會〉，台北市：台灣神學院道學碩士論文。
33. 林文凱（二〇一四），〈晚清臺灣開山撫番事業新探：兼論十九世紀臺灣史的延續與轉型〉，《漢學研究》第三十二卷第二期，台北市：漢學研究中心。
34. 林佩欣（二〇二一），〈桃園地區家族史研究的回顧與展望〉，《桃園文獻》第十一期，桃園市：桃園市政府文化局。
35. 張素玢（二〇二一），〈桃園的平埔家族：龜崙．南崁．坑仔．霄裡社〉，《桃園文獻》第十一期，桃園市：桃園市政府文化局。
36. 張素玢（一九九八），〈南崁地區的平埔族群〉，《平埔族群的區域研究論文集》，台北市：臺灣省文獻委員會。
37. 鄭維中（二〇一八），〈烏魚、土魠、虱目魚：多元脈絡中荷治至清領初期臺灣三種特色海產的確立〉，《臺灣史研究》第二十五卷第二期，中研院臺灣史研究所。
38. 簡宏逸（二〇一二），〈從 Lamcam 到南崁：荷治到清初南崁地區村社歷史連續性之重建〉，《臺灣史研究》第十九卷第一期，中央研究院臺灣史研究所。
39. 孫大川（二〇〇八），〈從生番到熟漢：番語漢化與漢語番化的文學考察〉，《臺灣原住民研究論叢》。

40. 溫振華（一九七八），〈淡水開港與大稻埕中心的形成〉，《歷史學報》第六期。
41. 溫振華（二〇〇五），〈清代台灣淡北地區的拓墾〉，《臺灣風物》第五十五卷第三期。
42. 溫振華（二〇一〇），〈龜崙社研究〉，《臺灣風物》第六十卷第四期。
43. 于淑蓉（二〇一四），〈清領時期桃園龜山地區的拓墾〉，國立臺灣師範大學歷史學系碩士論文。
44. 吳聰敏（二〇〇八），〈荷蘭統治時期之贌社制度〉，《臺灣史研究》第十五卷第一期，中央研究院臺灣史研究所。
45. 吳聰敏（二〇〇八），〈贌社制度之演變及其影響 1644-1737〉，《臺灣史研究》第十六卷第三期，中央研究院臺灣史研究所。
46. 詹素娟（二〇〇三），〈贌社、地域與平埔社群的成立〉，《臺大文史哲學報》第五十九期。
47. 〈臺北附近土匪蜂起ス〉，《臺灣史料稿本》。
48. 翁建道（二〇二二），〈清代蘆竹林家的拓墾與商號〉，《台灣史料研究》第五十九期。
49. 翁建道（二〇二二），〈清代山鼻仔陳家的學租田〉，《台灣史料研究》第六十期。
50. 戴寶村（二〇一一），《台灣的海洋歷史文化》，台北市：玉山社。

網路期刊

1. 翁佳音，〈路是人走出來的〉，中研院臺灣史研究所。
https://archives.ith.sinica.edu.tw/collections_con.php?no=23
2. 歐怡涵，〈鬮書中的臺灣傳統女性〉，中研院臺灣史研究所。
https://archives.ith.sinica.edu.tw/collections_con.php?no=58
3. 《熱蘭遮城日誌》，臺灣日記知識庫。
https://archives.ith.sinica.edu.tw/news_con.php?no=239
4. 《南崁基督長老教會・一百二十週年紀念特刊》。
https://issuu.com/nkchurch/docs/001
5. 戴寶村，〈移民台灣：台灣移民歷史的考察〉。《台灣月刊雙月電子報》，九十六年八月號，二〇〇七。
https://reurl.cc/7DdnpN
6. 戴寶村，〈日治時期的流行疾疫（鼠疫、霍亂、天花和瘧疾）〉，《淡水鎮志》，二〇〇六年，未刊稿。
https://reurl.cc/Kblqby
7. 張素玢（一九九八），〈南崁地區的平埔族〉，平埔文化資訊網。

https://reurl.cc/M0j9N4

8. 歐怡涵，〈臺灣傳染病史中的鼠疫、霍亂與流感（1895-1920）〉，中央研究院臺灣史研究所。
https://archives.ith.sinica.edu.tw/collections_list_02.php?no=62

9. 林柔辰，《枋寮義民廟義民爺信仰之擴張與演變》，頁三八－四四。
https://www.hakka.gov.tw/file/Attach/1990/1/3251592471.pdf

10. 王慧瑜，〈日治時期桃園蘆竹林天賜家族的肆應與發展〉，歷史教育第十六期。
https://www.his.ntnu.edu.tw/publish02/downloadfile.php?issue_id=33&paper_id=208

11. 〈大漢溪畔的漳州與客家〉。
https://asiilo.blogspot.com/2011/01/blog-post_11.html

12. 泉漳廈各地語言差別。
https://www.youtube.com/watch?v=7BPqolCQEKM

13. 吳文益（二〇〇四），〈南崁吳氏家族沿革〉。
http://w.worldwu.com/Article/tp/taiwang/201204/12940.html

14. 〈馬偕紀念醫院紀念冊〉，教會史話，〇一一。
http://www.laijohn.com/BOOK1/011.htm

15. 〈偕叡理和乃木總督〉，教會史話，五〇五。
http://www.laijohn.com/book6/505.htm

16. 〈一手賣茶一手寫書的買辦哲學家：李春生〉，臺灣記得你，教育部。
https://taiwan.k12ea.gov.tw/index.php?inter=people&id=28

17. 馬偕拔牙事蹟。
http://www.tma.org.tw/ftproot/2016/20160120_09_14_36.pdf
http://albertjenyihchu.blogspot.com/2014/02/blog-post.html

18. 馬偕興學在淡水。
https://tamsui.yam.org.tw/hubest/hbst4/hube451.htm#hu4511

19. 李尚仁，〈台灣早期醫療傳道中的謠言與衝突〉。
https://www.ihp.sinica.edu.tw/~medicine/medical/index/program12.htm

20. 干信平小傳。
http://www.laijohn.com/archives/pc/Kan1/Kan,Speng/biog/Kan,Lka.htm

21. 南崁教會簡史。
http://www.pct.org.tw/ChurchHistory.aspx?strOrgNo=C04019

22. 二〇一八桃園閩南人文藝術－咱的故事－德馨堂。
http://taoyuanminnan.com.tw/de-xin-tang/

23. 蘆檔所宗－薪火相傳。
https://www.facebook.com/luzhu.archives/

24. 泛科學，〈台灣以前下過雪嗎？平地大雪紛飛的太平盛世〉。
https://pansci.asia/archives/92581
25. 宋澤萊翻譯，佐倉孫三原著，《臺風雜記》數篇。
http://twnelclub.ning.com/profile/songzelai
26. 朱宥勳（二〇二三），〈封鎖台灣，容易嗎？1884年「清法戰爭」的教訓〉。
https://chuckchu.com.tw/article/426

網站與臉書

1. 南島觀史－福爾摩沙。
https://www.facebook.com/AustronesiaFormosa
2. 臺灣話 ê 簿仔紙。
https://www.facebook.com/OhTaigiTW
3. 漳州客家與客語：詔安腔。
https://reurl.cc/p1oDVb
4. 臺灣國定古蹟編纂研究小組。
https://www.facebook.com/idocare.taiwan

5. 宋澤萊部落格之佐倉孫三《臺風雜記》白話翻譯。
https://twnelclub.ning.com/profiles/blog/list
6. 活水來冊房。
https://www.facebook.com/ngtsinlam
7. 黃震南（二〇二二），〈清朝官員的台語課〉，國語日報讀享會。
https://reurl.cc/yrADOO
8. 聚珍臺灣。
http://www.gitaiwan.com/
9. 臺灣古寫真上色。
https://www.facebook.com/oldtwcolor
10. 蘆竹德馨堂。
https://reurl.cc/yrR528
11. 衛生福利部北區兒童之家。
https://nrch.mohw.gov.tw
12. 南崁五福宮開臺玄壇元帥。
http://125.227.17.211/_web/b101.htm
13. 南崁褒忠亭。

https://reurl.cc/9Gn6DY

14. 天賜米。https://www.facebook.com/allnatural338

國家圖書館出版品預行編目(CIP)資料

百年月光 / 夏琳著. -- 初版. -- 新北市 : 黑體文化, 左岸文化事業股份有限公司出版 : 遠足文化事業股份有限公司發行, 2023.09

面； 公分. --（白盒子 ; 4）

譯自：Empire of pain : the secret history of the Sackler dynasty

ISBN 978-626-7263-30-3（平裝）

863.57 112012220

特別聲明：

有關本書中的言論內容，不代表本公司／出版集團的立場及意見，由作者自行承擔文責。

黑體文化　讀者回函

白盒子 004

百年月光

作者・夏琳｜**繪者**・Deer｜**責任編輯**・劉鈞倫、龍傑娣｜**封面設計**・許晉維｜**排版**・菩薩蠻數位文化有限公司｜**總編輯**・龍傑娣｜**出版**・黑體文化／左岸文化事業股份有限公司｜**發行**・遠足文化事業股份有限公司（讀書共和國出版集團）｜**地址**・23141新北市新店區民權路108之2號9樓｜**電話**・02-2218-1417｜**傳真**・02-2218-8057｜**郵撥帳號**・19504465遠足文化事業股份有限公司｜**客服專線**・0800-221-029｜**客服信箱**・service@bookrep.com.tw｜**官方網站**・http://www.bookrep.com.tw｜**法律顧問**・華洋法律事務所・蘇文生律師｜**印刷**・凱林彩印股份有限公司｜**初版**・2023年9月｜**定價**・400元｜ISBN・978-626-7263-30-3｜**書號**・2WWB0004

本書由 桃園市立圖書館 TAOYUAN PUBLIC LIBRARY 補助出版